全民微阅读系列

陆与岛的想入非非

LU YU DAO DE XIANGRUFEIFEI

陆地 著

江西高校出版社

图书在版编目(CIP)数据

陆与岛的想入非非 / 陆地著. — 南昌：江西高校
出版社，2017.9（2024.9重印）

（全民微阅读系列）

ISBN 978-7-5493-6027-7

Ⅰ. ①陆… Ⅱ. ①陆… Ⅲ. ①小小说—小说集—中国
—当代 Ⅳ. ①I247.82

中国版本图书馆 CIP 数据核字（2017）第 222971 号

出版发行	江西高校出版社
社　　址	江西省南昌市洪都北大道 96 号
总编室电话	（0791）88504319
销售电话	（0791）88592590
网　　址	www.juacp.com
印　　刷	北京一鑫印务有限责任公司
经　　销	全国新华书店
开　　本	700mm×1000mm　1/16
印　　张	14
字　　数	169 千字
版　　次	2017 年 9 月第 1 版 2024 年 9 月第 3 次印刷
书　　号	ISBN 978-7-5493-6027-7
定　　价	58.00 元

赣版权登字-07-2017-1142

目录

无尽的水墨

——艺术家孙海峰印象

嘉兴画院坐落在中和街一个闹中取静的青砖旧院里，庭中的百年古树象修炼着的老人，静候着。朴树树高叶细，石榴枝繁叶茂，柿树青翠蔽日。坐在石凳上可细赏爬满旧墙的常青藤。抬头仰望天空，时蓝时灰。墙外是人声喧嚣的中山路和建国路。艺术家孙海峰的工作室就在这幢民国的院子里。

他轻轻地说了声：你好

印象中的孙海峰见了陌生人总会轻轻说着你好。他说你好时的态度极为虔诚。那时我们互不认识，虽然我早听说过孙海峰这个名字。我对那个轻声说着你好的他心怀敬意。

正值岁末。我有事去电话后到孙海峰工作室找他。

推门，那熟悉的轻轻的一声"你好"从耳畔飘过，仿佛窗外蜡梅滑入心扉的暖意。

孙海峰的案头密密麻麻晾着写好的春联和"福"字，他说第二天一早要去小镇参加文化下乡活动。

我抬头看见工作室墙上挂着一幅疏密有间的水墨。像是某种隐喻。我说很当代啊。孙海峰跟我聊起了当代艺术。还就我正在创作的一幅综合材料作品说了自己的看法。

那时我在《三生》撰写《当代艺术离我们有多远》的专栏，我从孙海峰的作品中嗅到了某种当代水墨的意味，当时萌生出一种想写他的感觉。临走时，孙海峰把他新出的《十年造境——孙海峰五州巡展美术评论集》送给了我。

第二天，我把艺术随笔《中国水墨中透出的当代意味》发给孙海峰。他一如既往地以一种虔诚的态度道着谢，然后客观而诚恳地评价着文章。孙海峰对待艺术是极为严谨的，当时因与他不熟，多数作品图片是从别的地方转载来的，他觉得有几张不够完美，还问我能不能替换。

记忆中的恩师沈红茶

每次接触孙海峰总给人新的发现。他身上潜藏的某种特质似乎不能让人一目了然，比如开始我感觉他有点沉默，后来却发现他性格豪爽，还非常善于讲故事。

孙海峰的故事娓娓动听，说起他一路走来的经历谈笑风生，极为有趣。

孙海峰说起他的启蒙恩师沈红茶。

沈红茶是与周承德、陈之佛、丰子恺等齐名的民国画家，是孙海峰父亲高中时的班主任。他的绘画风格接近石涛、八大山人而又有自己特色。

七十年代，少年孙海峰意气风发，顽皮不羁，时常和同学打群架，为此孙父多次恳请恩师做自己儿子的启蒙老师，收收孙海峰日益野散的心。沈红茶怕自己右派的身份连累学生，直至 **1979** 年春夏之交，他终于答应收孙海峰为他的关门弟子。

从此，孙海峰和沈红茶就像爷孙俩。每当摇头晃脑背完当天指定的《古文观止》片段，习得书法和山水画的基本功后，孙海峰就开始帮恩师劈柴、拎水、扫地。这两种不同的劳动似乎给孙海峰以启发。一种是努力让手随着心到达某种状态的痴迷，另一种是手到之时心却在别处。

那时，沈红茶居住在碤石东山西鹿的旧楼，没有自来水，孙海峰每每是拎着铅桶奔赴数十米外的公用水龙头，然后步履生风，拎回满满一桶水。他可以一边拎水一边想象。他像是特别喜欢把水倒在水缸发出的声音。

沈红茶这位民国遗老恨不得把他满腹的经纶和技艺统统教给孙海峰。孙海峰带着遗憾地对我说：那时不用功，也不知道做笔记，先生教我的《古文观止》只记住了一鳞半爪，但还是背熟了许多片段和唐诗宋词。孙海峰像是沉浸在回忆中：我那时记性不错，似乎许多诗篇都能滚瓜烂熟。先生让我把范画带回家，第二天先生会对我临摹的画一一点评。我把先生的范画和我临摹得最好的那幅分别用红笔和蓝笔做上标记。这些画现在都还保留着。

每日的习画练字背书，老师既严厉又温和地陪伴，这样的时光像是会永远地延续下去。直到沈红茶的离去，孙海峰才明白先生所有的思想、技艺和曾经流动着的血液一样瞬间凝固了，停止了。

孙海峰似乎一下子悟到永恒的意义了。所谓的永恒就是永不会再来却永远铭记的过去。他的余光扫视桌上先生画了一半的山水、白瓷杯里的水、翻开的压着镇纸的《古文观止》，似乎这才明白自己生命中最珍贵的一页就这样翻过去了。

孙海峰在沈红茶那里接受了整整六年的教育,直到 1984 年沈红茶去世。

父亲母亲与金婚纪念册

孙海峰若有所思,他像是从自己与沈红茶的那段珍贵的记忆中又悟到了什么。是的,他想起了自己的父母。

现在,孙海峰的父母也到了当年初识沈红茶的年龄,父母的老去令他无限感慨。

这几年,孙海峰总会不时地带着自己的父母外出旅行。有时只是带他们兜兜风,或到附近的城市住一晚,随便逛逛。开车听父母在车后唠叨家事是一种温暖。父母在车上便有一种特别踏实的感觉。孙海峰说。

2012 年春,孙海峰坐在杭州凤凰城工作室的书桌前,正筹划着美术评论集的出版。父母在一旁,说结婚五十年了,时间过得真快。父亲说起自己小时候的梦想,青年时代的辉煌和身为父母的生命历程。孙海峰忽然想起了什么,回头对父母说:哎,明年金婚我给你们出一本纪念册,办一场金婚答谢宴如何。父母又好奇又兴奋。

之后的几周孙海峰开始痴迷地收集父母的照片,甚至把正在筹备的画展的事都搁在了一边。

父母一边翻着几十本家庭照相簿一边回忆过去。这一对历经大半个世纪沧桑的父母不回忆倒罢,一回忆就越陷越深,过去的许多往事被翻箱倒柜带了出来,生命的历程何其艰辛啊。父母聊着不禁抽泣起来。

作为儿子的孙海峰其实对父母过去的艰辛程度是不甚了解的。他只知道他们谦和坚忍忙忙碌碌奔波。江南人平静的脸上似乎总表现出对日常生活的心满意足和对子女的护犊之情。孙海峰似乎也在这样的一种暗示中,感受到了某种安全。

现在,父母也到了需要被保护的年龄,眼前的父母也在自己营造的暖暖的氛围中,孙海峰似乎不太愿意父母在这样一种幸福中去触碰往事,感怀垂泪。

也许少年孙海峰记忆中一顿特别丰盛的晚餐恰恰隐藏着父母的一段心酸和无奈。谁知道呢。孙海峰望着眼前的父母。他们笑着,眼角露出满足而自豪的纹路,没有一丝掩饰。他们沉浸在眼前的幸福里。此时此刻的父母在孙海峰的眼中更像是两个无辜和脆弱的孩子。孙海峰内心涌动的更多的是感动。一个悟性高的人,万物和生活给他一种暗示,他都能适时地将其转化为能量。他像是从父母身上找到了某种精神的源头,金婚纪念册的构想似乎越来越丰满。

孙海峰翻着照片,无限感叹。这张是孙海峰七岁时的照片,穿着小海军服,背着小玩具枪。枪是木制的,父亲做的。衣服是母亲在隔壁裁缝店缝制的。照片黑白,背景灰色,却给自己留下美好的记忆。照片中似乎包含了自己的许多第一次:第一次去正式照相馆拍照;第一次在拍照途中吃到奶油棒冰;第一次穿上向往已久的海军制服。而那两个幕后策划人——父母,则躲在一旁,他们一定是微笑地看着他,他在父母的赞许中灿烂而自信。

另一张是父母前几年在西湖的照片,他们坐在石凳,面朝西湖。他们露出纯朴的微笑。我像是看到背后那个拍照的人,孙海峰蹲下身子又起来,走近又走远,调着焦距。每次给父母拍照他都要弄得像写生,反复构图,让景中人站在最佳的角度。父母似乎习惯了他的套路,也不再像起初那样对着镜头一脸认真,干脆自顾自聊了起来。孙海峰像是发现了新大陆,快速按下快门,一路走来留下父母许多自然美好的瞬间。

有一次,我看到孙海峰在微信晒了张照片。花窗古门石凳小河,典型的江南模样。门口一张木桌,两把竹椅。我不知道这房子与孙海峰的关联。他在微信上写了几句话,意思是外出的人要常到这样的地方看看。不管旧房子里走出来的是谁家的老人,总之一定要善待他们。

一间自己的工作室

且说孙海峰在沈红茶那里拜师六年后,已到高考年龄,他毫不犹豫地填报了浙江美院山水画专业。在沈红茶之后孙海峰又拜了姜宝林和孙勇为师。孙海峰说,这两位老师让他从沈红茶传统的技法中渐渐融入了现代的元素。

备考浙江美院时孙海峰又拜孔仲起为师。当时浙江美院山水画专业每隔一年才在全国招四名学生,而师范类的每年在全国招四十名学生。孙海峰两次高考落榜后负责招生的老师对他说,海峰啊,你的年龄没有几年好考了,还是报师范系吧。孙海峰很固执,他坚定地说,不,我只想当画家,我一定要考国画系。

时隔多年,孙海峰跟我说起当年的情景似乎还很感慨。我没有问他当时的心情。我像是看到当年那个倔倔的满怀理想的孙海峰。

我想象着孙海峰在高考失利后回到故乡的那个晚上。江南水乡的一个黑漆漆的夜晚，河流在微弱的灯光下涌动。孙海峰坐在石凳偷偷吸烟。

　　天空繁星点点。那是八十年代的天空。四周宁静，江南依然温暖，而此刻孙海峰的内心波澜起伏。遥远的他方，渴望着的艺术，孙海峰边想边行走起来。那一晚他不知道在故乡的河边走了多少个来回。最后他把烟头掐灭，像是决定了一件大事。他要继续绘画，他想要一间自己的工作室。

　　孙海峰就这样告别了象牙塔之梦。他为什么忽然决定不考下去了，原因不得而知。我想大概是那个八十年代的夜晚，那个纯净的天空给予他的启示。在纠结和思考的瞬间，他像是突然悟到了另一条自由的路，于是灵感乍现，孙海峰就这么转身奔向那间自己的房子。

　　一间自己的工作室。孙海峰将旧居改造起来。清理杂物，在屋内搭起大绘画桌，纸墨笔堆放一旁。从此孙海峰开始了白天在工厂挥汗，晚上在画室画画的生活。

　　他痴迷着。下班来不及脱下油迹斑斑的工作服就匆匆赶到工作室。那是一种召唤。仿佛只有在那张大桌子前坐下，世界才安静下来，另一个孙海峰才回来，无论是看书还是画画。

　　书架上的书越来越多：《古文观止》、唐诗宋词、明清小说、山水花鸟，历代名家的画册、传记。孙海峰就这样继续着他一个人的摸索。

　　自由是一把双刃剑，并不是谁都配享受的。孙海峰引领着自己在自由的河流中把控着前路，从激情处落笔，从理性处回归，这也许是一种天赋。从后来的生命历程中，可以感觉到他除了创作的激情，另有着一种自己驾驭自己命运之舟的天赋。

　　从此，孙海峰的日常被强烈地分割成两大部分：物质与精神,存在与虚无。

夜晚孙海峰回归自己,回归精神,回归另一个不属于物质的虚无。书架的书又增多了,沉甸甸像要把竹书架压垮。在书架的顶部又多了一排书:《西方古典艺术大师作品集》《二十世纪汉译哲学》丛书,甚至他还不知从哪里弄到了象杜尚、达利、劳森伯格这样的作品集。

看到达利梦幻般的作品中柔软的自由的钟挂在任何一个他想挂的地方,孙海峰惊呆了,达利穿越时空的梦像是让他找回了当年毅然转身放弃美院山水画专业的理由。孙海峰说,与沈红茶的六年他喝到了中国传统文学的第一口奶,而在一个人的自由中,孙海峰像是从色彩缤纷的艺术世界中找到了与传统艺术的某种联结。世界如此奇妙,他如痴如醉。小屋的灯火彻夜通明。

1990 年,孙海峰结婚了。领证前夕,孙海峰带她散步。不知不觉,他们又绕回河边。夜的河在暗中涌动,似乎还发出轻微的声音。

和心爱的人结婚,此生如此圆满;然而,孙海峰此刻的内心却有点复杂。

莎士比亚式的选择似乎时时会在人生的某个阶段出现。不知过了多久,孙海峰在黑暗中发出了声音。这声音如此理性、果断,像一块铁落在水泥地。孙海峰自己也觉得奇怪。他拥着她的肩,似乎太过用力,她有点疑惑地望着他。

这样吧,我愿意为这个家奋斗十年,十年后我要重新画画。孙海峰拉起她的手在手指上轻轻地勾了一下。

此后的十年,孙海峰辞职奋战商海。曾经的工作室成为流光溢彩的温柔之乡。每晚,爱人总会递上一杯温温的牛奶。孙海峰拥着玻璃杯,就像拥着无比温柔的生活本身。爱人女儿父母亲戚江南,温柔之乡。一切是那样的顺理成章,孙海峰的生意也越做越好。只要他愿意,这样美好的时光似乎能永远持续下去。或许在偶尔的亲朋聚会中孙海峰会提起自己曾经的画,想起自己当年的理想;然后当第二天的太阳升起的时候他依然会是昨天的那个孙总出现在某个谈判桌上。

我要去画画了

2000 年跨年钟声敲响的时候,孙海峰拥着爱人的肩轻轻地说,我要去画画了。

孙海峰说这话的时候似乎没有当年的那种慷慨激昂。但她听出来了,这轻轻的一声"画画"包含着的壮士一去不回头的气势。

事后她说,我以为你只是说说,生意场这么多年,谁会舍得放下再回头呢。

孙海峰说她难过了很长一段时间。周围的朋友也说,艺术哪有这么简单。就说美院毕业的有多少人能画下去呢。孙海峰听不进去,他只想遵从自己的内心。这十几年的每个日夜他都没有忘记"画",所以当他轻轻说出我要画画时,感到这"画"离自己很近。

孙海峰是这么说他重新画画的这些年的:

其实我在学画的这条路上并不是一帆风顺的。不像有些人,大学或研究生毕业进入画院,一帆风顺地做了画家。我实在是喜欢画画这个事儿才去这么做的。

开始的几年我是边做生意边画画。2004 年我的老师姜宝林在北京中国画研究院开班授课，于是我去了北京。我的人生航向也因此而改变。从此我在绘画这条路上一发不可收，走到如今也有十三四年了。

刚去北京时我是抱着一种玩的心态，慢慢地我开始越来越投入。整整一年，我画了很多画，交了很多朋友，看了很多展览。

我在北京整整待了四年。我发了疯似的画画，边学习边在全国做各种展览，包括在中国美术馆。光是 2005 年一年我就参加了全国十几个大展。我越来越感到这就是自己想要的生活。2007 年我放弃了所有生意，开始一门心思画我的画。

此后我几乎是每年画几百幅画，做几场展览，也开始到全国各地及国外写生。每次写生我都会把一些经历和感想记下来，于是就有了我的那两本：《北欧表情》和《欧行日记》艺术游记。

这两本书也使我养成了写游记的习惯。我还保留了去云南、新疆、西藏、俄罗斯等地写生时的日记，准备在这几年陆续出版。

十几年艺术之路的痴迷和执着已经将当年商界的孙总修炼成了艺术家。如今的孙海峰已是中国美协会员、浙江省美术家协会理事、文化部（现为"文化和旅游部"）青联美术委员会委员。他还身兼数职：首都师范大学美术学院客座教授、浙江省现代水墨研究院常务副院长、嘉兴美协的秘书长……

写景与造境

孙海峰说，其实在游记、日记里表达的是我对自然对人生的一些看法，是我生命留下的印记。哪一天当我回过头来看自己的绘画作品时，伴随而来的那些日记插曲心情感悟似乎能让那些画更有叙事味，更有痕迹感。所有的作品都不是无缘无故产生的，它们表达的是真实的自然之景还是自己想象中的景，这不重要；但它们一定是人与景、人与人、人与万物对话融合中产生的一种"境"。

孙海峰还说起了他的中国水墨五州巡展：

五洲巡展是我艺术生涯中的一次重要展览，以北京为起点以海宁为终点。五州为青州、莱州、郑州、常州、杭州。巡展共七站。它是我对自己十年绘画生涯的一个回顾。我把这十年来自己认为比较好的作品分五个系列出了一本《十年造境》的画集。

孙海峰讲起了巡展中的点滴：

从北京叫了邮政车把画拉到青州、莱州、郑州。一路风尘仆仆。过程中的点滴我都记了下来。每一站开幕式上我都说，回去我要做一个集子，到时候送给大家。我想用这种方式来督促自己尽快把集子做出来。果然，巡展还没结束就有朋友来电问我的作品集什么时候可以出。我觉得有人期待是个好事，所以我的这本书很快就整理出来了。这个集子详细介绍了我这十年的点点滴滴，包括评论家写的文章，我自己写的文章，五州巡展期间一路行走的日记，在郑州的研讨会记录，我的绘画作品等等，算是为我整个巡展画上一个圆满的句号。9月8号还在海宁做了一个研讨会，来自全国的十几个评论家以及浙江、嘉兴的评论家参加了研讨会。

海宁回顾展的时候刚好是我五十岁生日。我把小时候画的五十张作品裱好在海宁展出。我当时的初衷是想把它们留在海宁。如果我退休了离开嘉兴，我也想把描绘嘉兴风物的《嘉禾系列》留在嘉兴。

……

　　在山坡，孙海峰写着生。户外小帆布凳、画板，专注的神情。孙海峰的写生看起来跟画西画的似乎没什么区别。在孙海峰的心中只有痴迷地做着的艺术这回事，而没有艺术间的疆界这回事。更多的时候他喜欢将自己面朝任何一个自然之景，而他叙写的则是经过他内心过滤的心中之景。这习惯的起源也许来自沈红茶的古典山水。最初的时候，孙海峰总是在沈红茶那个古旧的绘画桌上琢磨着古人们的山水，幻想着古人营造的那个清幽淡泊的境地。北京的几年，使得自己心中的山水越发的恣意豪迈。南北山水的不同表现手法融汇其中。有时他连自己都难以说清究竟是如何形成现在的风格的。也许风格就是多年心中的气韵在思考和行走中的凝结。这种凝结需要一颗打开着的心。

　　为什么不可以，当自己有了逆反的想法时，孙海峰常常会这样问自己。

　　心引领着手运笔，气随行、流动，细微处孙海峰凝神屏气。他在画一块石头的纹理，细致入微，每一条纹理都印记着石头的前世今生，还有那上面任由岁月留下的任何一个自然的痕迹。每当这样的时候他总会在心里暗叹：自然真是奇妙啊。孙海峰一会儿望着自己面前的自然，一会儿又望着自己笔下的自然。为了自己心中的那个理想之"境"，他常常将自己前几小时细致入微的画毫不留情地破坏，破坏的结果多数是废弃，他会将它们团在手心用力一捏，在用力的刹那像是在思考着什么。有时神来之笔出现了，他会兴奋不已。

　　他说李可染的逆光处理和曾宓的宿墨积染法，即所谓"墨海光明"，是其追求的终极效果。孙海峰说这话时眼睛看着远处，似乎要将眼前的一切都过滤和虚化。

佛缘

　　当孙海峰看到西藏虔诚朝圣的人们，似乎内心早已存在的某种东西被触动了。那样的场面总令他有一种莫名的感动，就像西藏的天空需要他抬头仰望。是的，在内心总有一种东西值得我们敬畏，双手合十。冥冥中的宇宙、自然、祖先、父母、恩师，那些似曾相识的陌生的人们，孙海峰的潜意识中总是怀着这样的一种敬畏和尊重，我觉得那是他作为人格健全的人的禀赋，也是他作为一个艺术家的精神之源。就像最初我感怀于他对素不相识的陌生人表现的那种真诚一样，心怀对大千世界的尊重的艺术家令我心生敬意。

　　每每远远地望着这些藏民他有一种复杂的感觉，似向往却又有某种不解。在他熟悉的江南，佛教常常是人间化的，佛像是被请到普通的百姓家来赋予他们风调雨顺、五谷丰登、平安祥和，而在西藏，面对藏民虔诚肃穆的神情他像是看到了每个掩藏在艰辛的面容背后的灵魂，每次面对他们那种去物质化的虔诚和行为，孙海峰总是有说不出的感觉，他唯一能做的是抬头深深地望着他们。

　　多年后，孙海峰在敦煌看到一个个神情姿态各异的佛像，像是瞬间找到了某种连接。童年时江南的寺院，西藏的虔诚的朝圣者，他忽然有了一种画佛像的冲动。夜晚，在自己的工作室，孙海峰找出稍厚的生宣开始在桌上构起图来。每当这样的时候也是他一天中最安静的时候。白天的各种纷扰和事务远离而去，他把古琴的音乐开得若隐若现，檀香缭绕，他感到就这样描绘记忆中的佛像时内心特别的松弛和柔软，他把它看成是画大幅的山水画之间的一种休憩。他在画中加了矿物质颜料，用笔触使得佛像显示出敦煌石窟中那般的斑驳，充满年代感。

一个个佛像呈现在眼前，他把它们整齐地挂在墙上，远远地端详着，不时地拿起毛笔在某个细节上勾勒几笔，或让某个细节虚化模糊，日复一日在檀香缭绕的烟雾中这些生宣看起来似乎有点包浆了，画面呈现斑驳的迹象。以后每晚端详这些佛像似乎成了孙海峰的某个仪式，那是从内心生发的一种感觉，除了虔诚似乎还有着别的什么，只是他一时难以说清。

远看像是无数佛像的复制，近看却是各具形态，当孙海峰把这样的画面组合在一个特定的空间，它的形式感和意义就一目了然，不言自明了。

我似乎想起了与中国水墨完全不同的当代艺术家安迪·沃霍尔的作品:梦露的头像复制成无数个，用各种不同的颜色，他表达的是商业社会和现代文明对所谓偶像的消费。同时无数的重复又像是商品社会中无数复制的商品。无数平凡的人消费着这些商品，他们大概忘了自己也是这无数的像复制的商品那样的"商品"，他们被赋予世俗的价值，平凡而渺小地活着。他们寄托于宗教及冥冥中的某种力量试图改变自己。

而现在孙海峰面对的自己虚构的无数佛像，就像是这些平凡而苦难的人们物质化表面之下神圣的高贵的灵魂。孙海峰让他们以佛的形式以最崇高的形式来呈现。我似乎想起孙海峰的低头轻声说着你好的那种对普通人的虔诚。

孙海峰的《岁月无声》由十座经幢组成，那是留在孙海峰印象中的童年记忆。童年的他每当经过惠力寺前的这一排经幢前，总会仰头望向它们，恰如忘向历史的天空那样的神秘、威严。

那经幢上密密麻麻的似懂非懂的斑驳的文字令他想入非非。童年的情结一直深藏在他的潜意识,直到有一天,几十年积聚的言语顷刻间借水墨宣泄。这样的宣泄不需要用任何草稿,他把纸挂在墙上,选择肥肚笔刷刷地画了起来。当他看着水痕慢慢挂下来的样子,不知道内心充溢着的是欢喜还是沧桑。或者说那是信仰的另一种标识,过去、现在、将来,只是仰望过它们的一代又一代的海宁人依然重复活在他们曾经的理想或尘埃里。

消失的风景

2011 年,孙海峰回老家海宁,经过曾经令他羡慕不已的化工厂时不禁黯然神伤了。呈现在他眼前的是一片荒凉的废弃厂房;大烟囱耸立在灰色的天空下,显得虚张声势,似乎对这个空旷的房子不抱任何希望。

城市化的进程和信息时代似乎已毫不留情地把那个庞大的大机器遗弃了。孙海峰想到的第一件事就是把这样的场面画下来,这既是感情的驱使又带有思考和理性。于是孙海峰组织了海宁、杭州、嘉兴的画家队伍开始写生。同时一边联系当地政府希望能保留这个工业时代的痕迹,还声情并茂,引经据典地写下了保护工业遗产的文稿《金潮周年祭》。

一架变形的机器遗弃在斑驳的工厂围墙边,铁锈与杂草掺杂在一起,孙海峰像是要从霉变的墙角嗅到这个院墙曾经的辉煌和生气。孙海峰沉默地画着。高耸的烟囱,立队的铁塔,错综的管道,斑驳的院墙,车间的大机器,似乎一种庞大的衰落比弱小的衰落更为悲壮,孙海峰一口气画了二十几幅水墨,名为《消失的风景》。这一题材得到了广泛的好评。

　　其实,关于这个工业遗址厂房命运的前前后后,孙海峰所思考的已不只是一个水墨艺术家的单纯的创作问题了,而是倾注了艺术家对工业文明在现代化进程中对人文遗产的敏感和关切。这样一种敏感和关切正是艺术的"当代性"的重要特征。在《孙海峰中国水墨中的当代意味》一文中我这样说道。

　　孙海峰还有一幅作品叫《铁塔》。一座铁塔,只用墨色勾勒出支架,顶天立地,撑满了整个画面,让人感受工业文明的理性和力量。孙海峰最初在沈红茶这里受到的中国传统文化的熏陶并没有让孙海峰墨守成规,相反那种人文的底蕴造就了他的独立思考,使得他在面对自然和万物时除了艺术的审美更有着一种义无反顾的责任与担当。

谜样的未知　　无尽的水墨

　　在《北欧表情》和《欧行日记》中,孙海峰描述了欧洲文明给予他的印象。他说,他曾经行至北欧的一个小教堂。小教堂安静地伫立在某个山头,雪无声落下,没有人声鼎沸和喧哗。孙海峰轻轻一推,门开了。他走了进去,教堂的一切文明古迹就这样敞开着,呈现在面前任由来访者自由探寻。

　　孙海峰在每一次行走中总是深深地感受着东西方文明的诸多不同。孙海峰边行走边画边写着。建筑物、河流、天空、人们,在同一地球的不同平面,世界何其相似,世界又何其不同。孙海峰的中国水墨就这样以自由的态度挥洒着。他在画中把那些富有异国情调的建筑物加了些许的颜色,渲写内心的不同感受。在他的感受中水墨可以到达地球的任何一个角落，心的任何一个角落。艺术没有疆界。

孙海峰还说，现在我一边画画一边又在当年报考过的中国美院读研。作为一名浙派水墨画家我要通过系统的理论研究和艺术探索传承浙派水墨的气韵和文脉。

我在他的画室里看到的许多草稿，无一不是对自然与生命的珍爱与体悟，对人类生存环境的忧患意识，对昔日的美丽郊野的无限眷恋，对生命之本生存之源的强烈的旷野式的呼唤……这是一个真正的艺术家的追求。海峰正在尽力做着这一个真正的艺术家的追求，海峰正在尽力做着这一点。他的朋友王学海这样说道。

我行走着，画着，感恩着。最后我会去哪里，最终能达到什么状态，这是一个谜。谜样的未知给了我力量。

孙海峰说，慢慢地我会把创作的点缩小。也许我会找到最喜欢的那个点一直走下去；也许我还是想画几个不同的题材。反正我要遵照内心的召唤。

W 先生

W 先生是一位长辈，一位我只见过几面的长辈。我像是听到他爽朗的声音了。

声音隔着时空，由远及近，在某个漫不经心的时候从我头顶飘向耳畔。

那天整理东西，找到一本旧电话本，暗蓝，仿皮，边沿脱落，透着年代感。蓝色钢笔墨水密密匝匝，涂涂改改一些名字和数字。一些故事淡去。电话号有六位的、有七位的，也有几个手机号，其中一个就是 W 先生的。

似乎早就有人对爱换电话号的人群和不爱换电话号的人群做过对比了。我想，W 先生应该属于后者。

那个午后我躺在藤椅。我把 W 先生的电话号输到手机。隔着年代，那些号码像是有了灵魂，它们迅速地聚集在一起，似乎很愿意一直保持这样的组合。

微信新联系人随即就有反应了，一个熟悉的半身像映入眼帘，我睁大眼睛：那是 W 先生的微信。

W 先生发来语音。他说他只会用语音，不会文字。W 先生电话里的声音还是记忆中的那样，轻松愉悦。

其实我和 W 先生几十年间也就见过那么一两次。

那年我二十来岁,青涩、呆、直。中年的我远远看她走来,那有些危险的自信和不安颇令我担忧。

在一个笔会,在某个夜晚,一群文友在招待所门外的石墙边围着 W 先生闲聊。探究,期待,向往,大胆又拘谨。拘谨的内核会使大胆更唐突,这表现在他们提问的出其不意。

其实,大胆的提问我一个都记不得了。如果还记得,从几十年小小历史的河源探寻那些碎碎石石,它们会是什么呢? 一定单纯而好玩。

W 先生是当地作协请来讲座的导师。W 先生当时担任着某个国家级刊物的总编,在文学至高无上,文学青年多如牛毛(或者蚂蚁)的年代,可以想象 W 先生的到来对于那些偏僻小岛的文学青年来说意味着什么。

作为资深编辑的 W 先生倒并不那么爱卖弄学问,只是天南海北地神侃着,说着与文学无关的话题。海岛的夜晚蚊子特别的凶猛,W 先生边聊边拍打着蚊子。

至于那晚 W 先生究竟说了些什么,我也记不得了。大该 W 先生没有那些文学青年出其不意的议论和结论。对,W 先生像是一个不爱做总结和概括的人, 他只是说着一些他经历过的事,甚至也不是那些完整的事,只是一些片段,似乎也不是片段,只是某种印象或感觉。对,一定是这样。究竟是不是他的这种表达吸引住了"那些孩子",我想大概,一定是的。

W 先生拍打着蚊子说着什么, 文学青年们不时地发出笑声。估计那时的夜除了天上的星星点点,四周一定昏暗,于是乎人们习惯了抬头仰望。

大概很晚了,W 先生打了一个哈欠,揉了揉眼睛。忽然 W 先生像是想起了什么,他用手指指着我们中的每一位,让我想起小时候的一个游戏：排排坐，分栗果……你，你，你，你，还有你回去每人给我寄一篇稿子，我给你们每人发一篇。瞬间，夜空中传来一阵欢呼声。

这大概是一次圆满的闲聊。

那些影响过我们的——我的脑海里忽然冒出这样一句莫名其妙的话来。

那些影响过我们的。

总有一些人影响过另一些人。W 先生则是在风轻云淡鱼腥味重蚊子凶猛的海岛的夜影响过他们、我们、我、那些文学青年们。

自从爱上了心理学，我就染上一个怪毛病，常常爱对某些简单的行为做过度的解读。想入非非。

那么，W 先生的这一个聊天之夜的结尾究竟是出于恻隐之心呢，还是被那些孩子们抬头仰望天空的虔诚的神情所打动了，不得而知。

或者他们的才气？其实中年的我对才气这个字颇有点不屑。

是的，我习惯于思考，有头无尾。然而人生终究是有头有尾的。

九十年代初，我在深圳，有一次参加当地文联组织的活动，意外地遇见了 W 先生。

W 先生似乎还是多年前见到的那样，一副悠闲自在的样子，经过岁月的漂染，W 先生的头发有些斑驳了。

这次 W 先生又是来讲课的。W 先生穿着直条蓝纹紧身衬衣，像多年前见到的那样，目光平视，愉悦，接纳，世界在其眼里似乎不足为奇,似曾相识。

W 先生讲课的内容我总是忘记,又似乎印象很深。也就是我记不住他讲话的具体内容,但记得他话语间传递的那些讯息,说话的神情。因为 W 先生,似乎文学变得亲近可人,不再严肃刻板,更不是痛不欲生。

天将降大任于斯人也,必先苦其心志,劳其筋骨……头悬梁,锥刺股,这是我很早的时候接受的教育。因为那样的教育让文学变得神秘而生威,而 W 先生则逆转了我对文学的先入为主思想,让我感觉文学这个刺猬我也可以伸手去触摸,因为它只是一个貌似荆棘实则柔软的毛绒玩具,是的,文学只是表情严厉的毛绒玩具。它终究是"玩物",比起生活的本身,一切的艺术都只是躺在书里挂在墙上的把戏,因而文学是柔软的。

W 先生是"文革"前北大的研究生,一直在文化单位工作。甚至他都没有经历那个年代许多人都会经历的那些"伤痕",那是一种怎样的人生态度维护了他作为一个人在那个时代的尊严,这又是让我感兴趣的,不过我却无心打听。有时候,我更愿意隔着某条河流去想象一些事情,比如像 W 先生人生中一直平安无事这样的事情。然而每次的结局是想着想着不知究竟地睡着了或又转入另一个情景或推理。

记得 W 先生送过我几本散文集。对呀,W 先生本身就是散文,他是不肯假装深沉地去编别人的故事的,那会很长很烦人。至于 W 先生散文的某一篇某一段某一章我也忘了,但我却是记得他文章里的那种风轻云淡的氛围,甚至这种风轻云淡也不是清雅之士所钟情的禅意与超然。不会的,W 先生是决然不会那么禅意和超然的。还有那些在我看来的应酬之作 W 先生都能表达得贴切自然,我说的应酬之作其实也是偏颇的,就是 W

先生写那些德高望重的文坛老前辈的。

我想象中的 W 先生就是那么平淡地在任何一个天好或下雨的早晨，随手拎着一盒从某个采风地带来的点心，与冰心老人家坐在那里聊着。这就是我想象中 W 先生日常的某个场景。因为这样的场景让那些被神化了的故事和生命重新以其清新可爱的形象出现在 W 先生的书中，我们的视线中。这样一想就觉得 W 先生的散文有了另一种意义了。意义？我们真的需要很多意义吗？我轻轻地敲了自己的脑袋一下。

会议结束的时候，我从后面叫了一下 W 先生，W 先生用手指着我，像在回忆着什么，然后哈哈一声笑了出来：小鬼……

记起来了，在那个什么岛上……贵处的蚊子很凶猛。后来我人刚到北京就收到了那晚聊天的孩子们的文章，还夹着信，独独没有你的。

W 先生边说边摇头。

我也哈哈大笑，像是才明白自己长进不快的原因。那次活动后我晃晃悠悠，听海，看云，坐车，发呆，回到学校，在池塘边的井里打水，洗脸，记着天空的颜色，独独把投稿的事给忘了。

洗了衣服不肯晾晒，写了文章懒得誊写，那个人是我吗？我常常坐在学校寝室的窗前用蓝墨水的钢笔写写画画，把一些文字晾晒在桌旁、床头，甚至墙头、蚊帐，或者变成纸团躺在垃圾桶（在垃圾桶也要记得优美舒适地躺着），总之像达利的那个软塌塌的时钟随便在哪里都能妖娆地成自己的风景。

记得也往《人民文学》投过一两次稿，耐着性子写上邮编，北京某某条某某胡同某某收。编辑认真地退稿了，还附上一封信：这么年轻有才……我捧着信件沾沾自喜，然后随手把稿件扔在一边。直到几十年后才明白,自己没有长进就是因为那些温良的编辑大人信件上多余的那几个字,要不是那多余的几个字,我应该还会更刻苦一点的吧。然而,请给我一个这几十年我一直坚持文学的理由!我为什么要坚持文学而不是坚持生活呢。我想只有 W 先生这样的人才能把文学弄得像生活一般,那么我还是把自己弄成生活着的样子吧,或假装成生活着的样子。比如像这会儿那样一边听音乐一边写着,或者再喝上几口茶什么的。

深圳的天气最冷也就是穿一件羊毛衫的样子。那一年的那些天似乎天气突然变冷,我穿一件长袖 T 恤,有点冷,临出门时手里还挽了一件薄呢大衣。

穿着衬衫的 W 先生见我手里的蓝条大衣,又是哈哈一笑:小鬼,复杂。

我哈哈一笑。大笑中含有歉意。为自己在 W 先生眼里的懵懂、不谙世事,纵然是深圳这样的地方也没有练就干练成熟的模样而歉意吧。

其实我与 W 先生一生中也就见过这么几次面,说过这么几句话,但我像是从他的三言两语中捕捉到某种我想要的人生中的关键词。平淡的?调侃的?热情的?我似乎无法找到确切的表达。

有时,在我走路,做着什么或什么都不做的时候,W 先生的声音会突然隔空降临,不偏不倚,刚好落在我的耳畔,然后就这么哈哈一笑,向我扔出几句极随意的话:

人的耳朵很任性,听过好音质的音响再也不能接受不好的了,哪怕差一点点一丝丝。

世界上除了玻璃弹珠应该还有别的好玩的吧。这是 W 先生在一篇散文里对自己的孩子说的。不知 W 先生笔下的那个孩子会不会留意这么一句极其平常的话。

时间像小绵羊，眼看着它溜走。

W 先生还说过什么，我真的不记得了。

然而就这几句平淡的话却会在成千上万信息充塞的我的脑子里不时地溜出来，说明它们非常的奇妙。大概人的潜意识最接纳的是那种让人愉悦，平淡的语言，它们对你顽劣的不可救药的生命没有半点积极向上的期待。

好吧。我甚至也想象不出 W 先生的生命中会有痛苦绝望的时候。也许一切都是假象，也许一切源自我对 W 先生的无知，或一无所知。

这不重要。

这以后，我和 W 先生又许久没有联系，似乎又断了音讯，我们在不同的城市自管自地生活着，似乎互不搭界，像是两片不同树上的叶子。

某个晚上，生命中某个阶段的某个晚上，那时电话座机在生活中还有着重要的地位，我记得那个阶段我写了一首诗：《我和电话书与衣裙们的对话》。等电话，翻衣橱，写诗，这是我那时夜晚的主要生活吗？而用来写公文的白天呢？总之我的白天过得像夹生米饭，发紧，来不及细细咀嚼，晚上却是熬得有点过稠的白粥，松弛，虚幻，自恋得连影子都膨胀。

那一个晚上，在白昼之余的黑暗，在我留恋的书与衣裙之间，那个当时对我来说亲切得如同家人现在竟然连一个号码字母都记不起来的我的电话突然响起。是 W 先生的电话,我听到了 W 先生熟悉而又陌生的爽朗的笑声,我似乎 N 久没有听到 W 先生的声音了。这个 N 起码是数年。

小鬼,请千万记住,你不要烫头发,你不适合烫头发。

我听到 W 先生多年以后传出来的那么一句开场白,奇怪的是我没有丝毫的奇怪。这样的话语从 W 先生这里得来似乎极其妥帖,自然。

我确是多年,直到现在都没有烫鬈发了,不知这与 W 先生这话是否有关。

加微信后,我会过段时间与 W 先生来几句隔空对话。W 先生的人生已到了我看来完美的深秋,安静。这是我对他的期望,也是他真实的样子吧。

那天父亲节,我本是不留意这节那节的,看到微信上别人发的各种贺词、图片已是午后了。我给 W 先生发了语音:父亲节快乐!一切可好?

W 先生回:胡乱弄点吃的。最近写回忆性的文章比较多。哈哈哈哈。

我在心里设计了 W 先生生活的场景:木质的旧式家居,木质百叶窗,浅色窗帘,窗台有文竹,有年代包浆的藤椅,书柜一定很醒目,高耸到天花板,书们姹紫嫣红,W 先生又写好了一段文字,起来,喝一口茶,目光一定不是深沉的忧国忧民的样子,也许 W 先生知道他的文字一定能救活他自己和许多人,但大概还是救不了时代的。

我又听了一遍 W 先生的语音:胡乱弄点吃的。最近写回忆性的文章比较多。哈哈哈哈。

那么，在有 W 先生的场景中还有别人吗？

我的眼前掠过一番深秋的景象，我走到窗边凝望了片刻。

我像是听到 W 先生的声音了，对，一定是这样，我听到 W 先生又爽朗地笑了起来。哈哈哈哈。

非　非

　　一个自由的人是怎样的,一个完全自由的人是怎样的。我又开始想入非非了。这样真的不好。因为昨天睡前想到这个问题以致早上醒来的时候头有点痛。其实我是想到了非非君。从非非君的状态想到一个人活着的状态。但想这些真的好吗?

　　是这样,我找到了一张能量级别表。设想着最初非非君的能量级别顶多也就是在 200—300 左右,有能力把握机会,灵活和有安全感,等等。

　　非非君最初的那些诗很美,空灵,纯真包裹下的色情,诸如《后院的陶罐》《药》《鱼在游》《河在夜的风中游动》。反正我的脑子里非非君的诗就是这样地游动着,娇小而诡异,像只空灵得来不及被阉割的猫总是在夜间流窜躁动,一种略带愉悦的不安,一种小小的散漫的能量。其实非非君在现实中能把自己这种物质的身体安置得相当好。

　　比如:非非君早先在全民住房空前紧张的时候(那时一个家庭的工房面积顶多也就六十平方米吧),单身的他就能弄到一个大房子——单位的给年轻人的临时住房,这可不是人人都有的,要理由充分,要关系铁,要装可怜,要说得崇高。家里房子小呀,人多声音嘈杂呀,要写点东西报道单位的好人好事呀(切记要把写诗说成这个)。于是非非君的大房子就有了。非非君物质的感性的身体就有了舒适的安置的地方。这多好！非非君给自己弄了一个特大的床，翻跟斗、打滚还有别的什么都没问题了吧。

当然非非君不是省油的灯，他是不肯把自己的蜗居弄得平庸的。这不创意说来就来了嘛，非非君把一个像帷幕一样的蓝色的落地大窗帘按在门窗间，窗帘与门窗间隔一米半，这样既保持了非非君寝卧的私密性，又形成了两个进退自由的空间。非非君眯起眼睛端详着，显得非常得意。于是一阵忙碌开始了，铺被子，置书架，放书，珊瑚点缀，台灯。

非非君抱着旧棉絮从大窗帘这头走到那头，棉絮滑出网住的线绳，粘在大蓝窗帘上，远远望去像云朵。非非君大喜，这一神助的创意在非非君八十年代的脑中生根开花结果。这天，非非君一直弄到半夜两点，反正不与父母住一起也没人管。非非君爽性地把棉絮拆了，把发黄的、本白的、大的、小的棉絮一团团地愉快地粘在了大窗帘上，非非君左看右看，干脆坐在了水泥地上。

非非君很得意，干脆把自己起夜时披的旧卡其外套扯下，用别针别在了大窗帘上，这不别则已，一别惊人啊，远看分明是礁石一样。于是非非君每天起床就会对着这大窗帘虚拟成的蓝天白云礁石看，越看越觉得眼前开阔，而那张床似乎越来越小了，像在海面摇晃的船。不得不说非非君玩得过火了，他居然用自行车从海边驮了一蛇皮袋白沙来，就这么哗啦啦地倒在大窗帘边上，一个沙滩出现了；非非君还是不过瘾，干脆把水泥地漆成蓝色，这下床在海面飘得更厉害了。非非君还花了 **100** 元从旅店买来一床白被子白床单，他把他妈准备的花被子抱回了家。这下，非非君完全飘了起来，他睡在孤岛上。

我正想看看非非君是不是要把天花板也漆成星星点点时，

人家非非君正西装革履地出席在某个会议上了。

是的，非非君出现在会议中。非非君的西服非常挺括，胸前别着一朵小花。非非君微笑着，右手做了一个指引的动作，一位领导模样的人从他前面走过。非非君正在一个文学青年活动的年度颁奖现场。有舞台、灯光、红男绿女、激情洋溢的脸。这是非非君组织的，八十年代，也就是非非君还只有二十出头的时候，就做这些事了。非非君做得得体大方，煞有介事，俨然老手。人们很难联想那个背地里在孤岛一味漂浮的人。

非非君带我看过他的工作场所，一个电信分部的机房。不过请你记住那是八十年代。红红绿绿的按钮，一些机组模样的东西重叠着，显得有点沉重、神秘、关键。非非君说他就是负责那些开关的。非非君很骄傲。

还没等我细细琢磨非非君的蓝海沙子以及那些按钮的严重性，非非君就出走了。非非君离开了他的意义非凡的大窗帘，抛弃了他的床，告别了他的按钮。非非君飘得有点狠，从八十年代中期到两千年初期将近二十年时光。时光每分每秒是这样不安分，也像非非君。

非非君先是到了深圳。钱很少，天很热。南国白花花的太阳刺得非非君闭起了眼睛。为了在这个大夏天吹个空调，想个心思，顺便也想想那个已经成为单位杂物间的大窗帘房，非非君花了五元钱在川味酒楼要了一份担担面——这是菜单上最便宜的，比街头人手一份的王老吉只贵一元。

担担面上来了，只有一小碟。非非君像是能数出面的根数。他不得不数，因为只有这样非非君才能在这里多坐一会儿。好在面很辣。非非君装得难以下咽还有点肚子痛的模样，只有这样才能引起别人的同情,让自己的美好理想在这里来个大集合。非非君怀着要认真规划自己的第 N 个五年计划的心，拿出别在衬衫口袋的笔在桌上的菜单纸上涂涂写写起来。涂得有点狠,像是要戳破薄薄的菜单纸。服务员走过来,瞧了一眼菜单纸上的字:调过来,编制,档案……

服务员哼了一声,留给非非君一个鄙视的背影。过一会儿,服务员又走过来,哼了一声,说,外星人,恭喜你调出地球。非非君莫名其妙,抬头痛苦地看了一眼她。服务员一副娇小伶俐的模样。要是在那个大窗帘的"岛国",非非君倒有调她一调的心情,可是现在，非非君只想在这个初来乍到的南国整理整理自己有点庞杂的心。非非君启动了一下他那片血色很好的嘴唇,微微露出白牙,娇小妹又转身,不一会儿,一杯清水出来在非非君面前。这是非非君这辈子见过最好的水,因为它来得及时啊。

多年后,每当非非君想起那个担担面,想起自己曾经关于调动编制档案的那点心事,便会在内心骂一句:都什么玩意儿。

有时候关键时刻某个人的一句话足以令你方寸大乱。比如那个川菜馆小妹的话。真是乱得好极了,非非君又在心里骂了一句。

那段时光,也就是八十年代末到两千年代初,非非君飘得更远了。他不再像初到深圳时那样想着谋一份"正式"体面的工作。非非君飘到了青海、宁夏,还有别的地方,尝试着做了许多事情,诸如开舞厅呀,溜冰场呀,电子游戏呀。旋转旋转旋转。

在没有诗的年代非非君的体内有着太多的能量需要消耗。非非君从来没有向我描述过那些年的生活场景。所以在我的想象中非非君永远穿着夏天的衣服,喝着夏天的王老吉。

非非君在我的虚构中就这样度过了没有大窗帘没有诗歌的

二十年。

不知从什么时候起，非非君爱上了坐地铁。年久的地铁与铁轨摩擦的沙哑声充满惊险。随着一阵剧烈的吱呀声，车身几乎摇晃起来，弯弯扭扭几下后又回归正常，然后一泻千里。非非君就喜欢这么个状态。貌似接近危险临界点却又是安全的那副样子，这多么好。于是非非君出入总是坐地铁，把其曾经心爱过的奔驰越野车弃置于家。

这一天非非君在某个城市转地铁，新建的地铁商业街氛围不浓，非非君有一种穿越时空的感觉。在某个转弯口，他似乎感觉一阵强风。随着这阵强风，他灵感乍现。某一种像诗的东西在他心头涌现了。

随着诗的涌现，又一个十年，非非君的生意居然与地铁扯上了关系，从此非非君告别了初创时期的舞蹈溜冰电玩之类的旋转与恍惚，进入了地铁般的速度。

当然，除了地铁，非非君更多的交通工具是飞机。他在一个又一个城市间飞来飞去，然后去地铁站。

拎着公文包的非非君，怀着商业的谨慎想着每一场谈判的第一句话和最后一句话；怀着诗人的窃喜与神经质，面对一辆辆疾驶而来的地铁内心升起类似高峰般的体验。往往一场谈判结束，一首诗就像地铁般迎面而来。

非非君的诗龄很长，但长不重要，重要的是上过诗刊，得过某某诗歌大奖，受过某某诗圣接见。这多重要。非非君也搞不明白有多重要，反正很重要。只是非非君从来不提。但不提不等于不重要。

生命中哪些东西重要，哪些不重要，哪些一般，这是个问题。

非非君其实也搞不清楚。最初，非非君觉得写诗重要，后来非非君觉得调工作重要，再后来非非君又觉得赚钱重要，有一阵子非非君还觉得练腹肌重要，有一个自己的独立空间重要，追某个女人重要，非非君都说不清楚。

反正现在非非君就是这样，在谈判的路上写着诗，在地铁风驰电掣般的速度中非非君像是感受到生命的全部意义并达到高潮。

那一晚非非君住在美国纽约的一个酒店。四周蓝色，床单纯白，非非君躺在床上忽然眩晕起来。他把它当成了"岛国"的大窗帘房。

在蓝的海中，非非君的孤帆漂着。非非君恍然如梦，感觉床晃得更厉害了。非非君飞速跑下楼梯，一共二十七层。非非君的手心满是扶梯刚涮的红油漆。非非君抬头看高楼，星星点点，四周星星点点，此时的非非君稳稳地站在纽约的大地上，什么都没发生。不过还是发生了，两个警察模样的人围住了他，非非君诧异着发现自己正举着殷红的手。

在冬日异国的大楼举着殷红的手走在两个警察中间，非非君忽然升起一种类似激情般的情绪，他想写诗了。

从警察局回来非非君躺在了酒店游泳池里。大约凌晨四点光景，微弱的灯光下四周很静，非非君只听见自己哗哗的划水声。

按非非君的话说，此时非非君的能量达到了顶峰。他说他感到了自由。在别人的睡梦中你醒着并游着，那是一种自由。非非君说。

此后的十九年，非非君狂热地爱上了游泳。他通常都是把泳池当成海，把自己当成某个搏击的生命体，把泳池从这边到那边的距离当成自己生命时光的总长度。

好吧，现在我在我的童年，非非君的脸上洋溢着童年般的灿烂，水花四溅；好吧，到了我的青春期了，非非君很注意游姿的优美，抬头的时候甩一下水花，脸上露出有点殷勤的微笑，像是面对某个女性。

快游到终点时非非君一脸宁静和奋不顾身，生命中那样的时光非非君也是把它当成高潮的。

这十几年，非非君习惯从一个城市飞到另一个城市，从东半球飞到西半球，从飞机到地铁，从孤岛出来非非君就把自己交给了路上、行走。

我的诗都是在行走的路上涌现的。只要我行走，诗就来骚扰我，不请自来。诗就是个女妖，她喜欢来勾引我，我主动追她她是不肯来的。非非君说。

游泳让非非君脱胎换骨，从文弱的文青男变成强壮的愤青男。那这个愤青是怎么回事呢？其实没什么，就是非非君的诗风大转了。优美空灵时期的诗风不见了，非非君的诗越写越暴力了。起先我似乎有点不能接受，怀念他过去的诗；可自从我爱上了当代艺术，我似乎一夜间读懂了非非君所有的新诗——一种超现实、荒诞和对某种文化和习惯的批判。

关于非非君我还要再写下去吗？像这样戛然而止，可好？

最近非非君的诗集《半轮黄日》得国际大奖了。非非君紫色封面的《半轮黄日》放在我的工作室，我不时地拿来翻它一翻，前前后后，除了诗以外，我更在意的是能产生达利式奇妙幻想的那个诗性的脑袋，那一种能量积聚后的大爆发。

我又找出能量级别表，想看看非非君现在的能量级别：

是这个吗？ **300-350**：全然敞开，成长迅速。自己是自己命运的主宰。

　　还是这个：**540-600**。耐心慈悲持续的乐观。内外分别心消失。一种通灵和永恒的状态。

　　让非非君自己选吧。写到这里，我在微信看到非非君新出炉的诗：

　　　　七朵浪花站在岸边
　　　　吃惊自己活着
　　　　黑眼圈的天空允诺他们
　　　　自掘坟墓
　　　　排队骑锚航行

　　　　幸存者的悲剧已在空中成熟
　　　　自此他们将永远甜蜜
　　　　散发出海上尘埃的气息
　　　　用情人的冰块相互挤压
　　　　培育更多尸体
　　　　堆积海底激流抖落的缝隙

　　　　落款是：**2017.1.16** 天空中。
　　　　非非君就是我的想象版的诗人朱涛。

她的名字叫作虹

她的名字叫作虹。

八十年代,在大学寝室门口我第一次见到虹。

那是新生报到的第一天。

好奇。打量。忐忑。想象。

虹站在寝室门口。

寝室古老,现在是当地的文物保护楼了。寝室的门暗红,斑驳,门框结实。寝室暗,潮湿,嘈杂,人进人出。空气中透着一股兴奋、青涩、生猛。

虹站在寝室的门口,穿一件深蓝列宁短装,娇小美丽,像来自童话世界的公主。

虹启动着小嘴像是在说着什么,跟我的另一位同学。时隔多年,我已经记不得她在说什么了,但虹启动着的小嘴像一个美好的音符,在时空中传递。

这个童话世界的公主似乎没有让人失望过,能歌善舞。校广播站播音员,校晚会主持人,独舞主角,诗朗诵者,记得我的诗因虹的朗诵还在省大学生诗歌赛获过奖呢。流光溢彩的晚会虹始终是一条线索,一种现象。"他"的视线不会朝向别处,因为虹不在别处,红在舞台,在灯火阑珊处。

虹第一次亮相双人舞《梁祝》时还属于肢体优美的业余级水平,后来虹的舞姿越来越接近芭蕾了。旋转。跳跃。踮起脚尖。

我和虹不在一个寝室，平时交流也不多。那时的我一脸迷茫，似怀疑似好奇地看着世界。我的出场像是为了反衬虹的朝气蓬勃。我们仿佛是两个世界的人。

我似乎断断续续听到女同学们谈论着虹。

十八九岁，在我们总是结伴觅食，味蕾分泌旺盛的年代，虹几乎不吃零食。当我们手捧饼干桶跷着腿在床上看必读的经典小说时，虹据说一早起床去练功了。

下午没课的时候女同学们又会爬到床上硕鼠般地啃起零食。虹总是不在场。虹在哪里，一定是端坐在图书馆一角腰板挺直姿势优美地读着书。不远处一定会有极不自然干咳着的"他"的目光追随。

虹的故事总是在不经意中被提起，像玉米被一层一层剥开，露出美好。这怎么可以。有一种声音在这样说。

又有女同学说起了虹的故事。有一次，一个大大咧咧的同学正在洗头，洗到一半热水瓶里的水没有了。同学头浸脸盆，眯眼，撩长发，说，虹，打水。虹拎起一红一绿塑料壳热水瓶直奔食堂，走几百米，穿马路，打水，拎两水壶，爬四楼，倒水兑冷水，置于案。

又有同学说，虹周末回家，必过一片农田，农人低头割草插秧。虹远远把花阳伞收起来，轻轻走过稻田，低头，含笑。

当时的我听了总觉得太传说，太故事。

多年后，在我和虹唯一一次喝咖啡中我问起，虹像是真的还记得。她说，是的呀，那时家住在气象台，要经过一片片农田，很长一段路。那时城市郊外除了农田什么都没有。有时烈日当头，有时海风大起。我很轻，有几次连人带伞吹到稻田，跌倒在田沟里。传说中的故事在虹极为自然的口吻中降落到地面，悄无声息。

中年后的虹就坐在我的对面。虹比年轻时更轻盈，像只蝴蝶飘然而至。虹早已褪去了婴儿肥，圆脸变成了瓜子脸，眸子闪闪，皮肤透明。

这样的面对面大概不是偶然的，也许中年的我内在的某种东西与虹渐渐靠近。年少的我似乎觉得一个能歌善舞的公主应该配以孤傲、做作，而虹的完美恰恰有悖于我认为的缺陷美。

同学传说中虹的故事还有很多。说某个晚上似乎听到虹在被子里偷偷哭泣，声音很轻。同学议论中的虹总是如此神秘内敛，似乎从来没有失态或大声吵闹过。

清晨，当我们还在梦乡，校广播站传来了校园歌曲《走在乡间小路上》，虹清脆的声音响起。

女同学在音乐声中伸懒腰，仰卧起坐，叠被子，又说起了虹。听说虹会溜冰，这像是头号秘密。虹会溜冰是我听到的唯一一件谈不上褒义和贬义的关于虹的故事。

女同学们三三两两出得寝室，吃早餐。虹似乎总是一个人。但虹却有一种本事，在独来独往中保持着与她们的连接。只要她有空仿佛随时随地都可以伸手把这种关系接上，接得天衣无缝。

说起来虹还真幽默。我记得有一次虹用舟山话表演节目，好像是河里有一只鸭子游着游着不见了。虹表情生动，扮演着急地找鸭子的农妇，我们捧腹大笑。

我们喝着咖啡。突然，虹说到那时她眼中我的趣事。说我上课时两个眼珠左右上下不停地转动着。她问班长我在干吗，班长说我在做眼保健操，我想把眼镜拿掉。

这样的八卦让虹变得人间烟火，我笑了。

其实在之后的人生中虹也经历了磨难。这场磨难从大学毕业前夕虹的一场病开始，然后总是会陆陆续续听到关于虹的种种让人担忧的事：皮肤过敏，学自行车摔坏了腿，因为什么做了手术。我像是在无意中总能听到关于虹的点滴。

虹后来分配到了当地新成立的电视台当了主持人，多年后又去了省城的电视台。

看着中年后的虹一脸的单纯，我忽然想问虹，这么多年你对这个世界有过失望吗？但我还是没有问。

我知道，把这样的问题抛给一个总是愿意过滤阴影面朝阳光的人是一种失礼，虽然我很想这么问。

虹歌着舞着美好看着一切，但这个世界太嘈杂纷乱。作为记者的虹的眼里，世界还像当初那么纯净吗？留白。

我又想起了同学传说中的虹。说有一次虹的父母跟虹说，瞧，我们把最好的都给你了。父母一一点着虹的五官像是画画一样看着自己刚刚完成的作品。虹一直在这样的暗示中吗？是这样的暗示使得虹一定要做跟外表一样完美的人吗？转念一想，父母都会这么讲的呢。我母亲常说，有给你们生得难看吗？有愚有痴吗？还不满意。

虹后来告诉我：事实上，是我爸爸妈妈总说把什么好的都给了我，而妹妹就没有这么幸运。但在我的眼里，妹妹很美，圆脸，平刘海，像极了日本的卡通女孩。记忆里，我们从不吵架。她看上去比我强壮，也因此常常成为我的"保护者"。

关于虹的故事总是一个个在记忆深处被发现，就像小时候玩野外迷藏游戏。毕业后我在学校当老师，教研活动时遇见三五个同学。虹也来了，她带我们去公园。虹拎着五月刚上市的桃子，桃子有点青涩。我咬了一口就偷偷地将它扔在了山坡中。

时隔多年想起还有点后悔，我怪自己为什么就不能尝试着吃下去呢。我不知道虹有没有看见，别的同学有没有看见。这青涩的桃子的故事像是一种暗示，虹是那种微笑着吃下青涩桃子的人，而我呢则是只以为此刻只有我和桃子的关系。后来我慢慢懂得世界不只我和桃子的关系这么简单。

着黑衣短裙的虹轻盈地走来。这是我们约好见面的开头。见面在舟山。一个小时后虹要开车返杭。虹的话题直奔我要的主题。

虹不愧为资深的新闻人。她信手拈来的第一个细节就引出了我的泪点。

我一到她家就提出要带哥哥出门，不能让他整天待在家里。虹说的是她先生的哥哥——一级智障。自从两岁生病后，哥哥就一直待在家里。公公婆婆是老式的知识分子，他们用他们认为的关爱把哥哥严严实实地保护了起来，生怕再有什么闪失。

虹的开场白让我吃惊。想象中的公主完美谦和。在同学的言谈间也听说了虹为哥哥付出的种种。虹简短的叙述像是让我发现了另一个她——那个隐藏在谦和温婉的虹的背后的另一个她。那个她果断，坚定，直接，没有半丝的忸怩，犹豫。

虹要求保姆带哥哥一起买菜，保姆不肯。虹说，我带他。

虹说，不能因为哥哥残障剥夺他作为社会人的权利。虹描述着哥哥几十年后第一次被带出自家门外的情景。我像是体验了一回哥哥，我开始流泪。

虹的提问也很雷人：你眼睛怎么了？我说我是感动啊。虹笑了。虹觉得很平常。

虹说，脸色苍白的哥哥在阳光下开始变得壮实。

虹说她不能忘记第一次带哥哥去西湖的情景。熙熙攘攘的人群，车辆，喧嚣。哥哥的眼中掠过一丝惊恐。

西湖就在眼前。哥哥的眼中闪着光亮。哥哥的那一丝惊恐被巨大的好奇淹没了。缤纷的世界在哥哥三十五岁那年完整地向哥哥绽放像一个迟来的孔雀开屏。哥哥的神情让虹想起儿子七八个月时的模样。

在我们常常喜欢用"付出"这个词来形容虹与哥哥的时候，虹却是以另一种心情来看哥哥。

对，哥哥像个孩子，很可爱。

虹说，关于哥哥，我还是希望能忠于现实：哥哥的病不是先天的。哥哥两岁那年某天从幼儿园回来突发高烧，后来就变成这样了。医生也说不清楚哥哥的病究竟是什么原因造成的。还听说哥哥在幼儿园被关过小黑屋……

虹像母亲般描述着哥哥：

哥哥不会说话不会表达，但会哼唱很多歌。空的时候，我就会哼一首歌的一小节旋律，哥哥便会天衣无缝地接着下一节旋律哼下去。这经常是我和我先生与哥哥的游戏。这个时候，我觉得我在逗我的孩子一样，非常的开心。

哥哥望着天空，望着云移动；哥哥望着湖面水波在阳光下跳跃；哥哥望着那些戴阳伞的红男绿女。

哥哥忽然停了下来，像在倾听什么。那是从很远地方飘来的乐声。此时湖边石凳上坐满了人，虹领着哥哥坐在石凳上。他们又开始了游戏，虹哼唱一小节旋律，哥哥接着下一节的旋律……

哥哥能帮保姆拎篮子。哥哥能做简单的劳动。哥哥脸上有了笑容，很甜、很纯。

虹说起哥哥就像艺术家说起他的作品。在虹的眼里每一次发现哥哥身上的小小潜能她都会露出欣慰的神情。"他其实就是一个孩子。"虹又一次说。

虹发现了哥哥的意义。虹让哥哥发现了意义。虹通过哥哥发现了爱的意义。我开始有点乱了。

我极其无聊，总时不时把意义搬出来。也许世界本没有意义，意义只是像我这样无聊的人玩的把戏。虹从不提什么意义。

虹的描述生动有趣。冬夜。冷得只想把自己裹在被窝。公婆打来电话，说空调坏了。虹说，好，明天一早派人来修。公婆说，晚上冷。虹和先生开车一小时来到公婆家。虹轻轻一按遥控，设置，制热，28度，空调好好的。是他们不小心按错了遥控。

虹和先生又驱车一小时回家。虹像在说着某件好玩的事情。

第二天一早，哥哥守在门口。哥哥像是极有耐心，因为外面的世界实在太精彩了。

虹说起了她家去世的狗狗。虹沉浸在回忆中，像怀念一位熟悉的亲人。狗狗叫波比，一只四个月大的金毛。大热天，三匹功率的冷气足足地开着。中午虹顶着烈日回家。波比听到脚步声兴奋地叫着，脚丫在门上抓啊抓。

打开门虹惊呆了。地上门上满是波比的粑粑。显然刚来家不久的波比还没学会定点大小便。虹伺候好波比的中餐，戴上手套开始清理现场。

我说，伺候哥哥是承担一种责任。那么波比呢，你不累吗？

虹没有回答我。我似乎应该明白，无论是哥哥还是波比，虹叙述的口吻始终是那样的孜孜不倦，沉浸其中。

虹心疼地摸着新家门上波比的抓痕。波比低头，眼波流转，露出歉意无限。

虹描述着，模仿着波比的神情，生动极了。我不得不佩服虹的表演天赋。这是一个有趣的妈妈。

虹倒是没怎么提儿子，只说他一路小学、中学、大学、研究生，似乎没怎么让她操心。虹说，他是一位园林设计师，他在做着让世界变得美好的事。

我在虹的微信上见过这位颇得母亲神韵的园林设计师。我在心里冒出一个念头，他会像虹吗？

虹说那些像孩子那样的人似乎更需要关爱，比如哥哥，比如波比，比如公婆。此刻虹也许正在自家的阳台打理那些花草。那些花姹紫嫣红，而我的草只有水养的绿箩。

这世界充满着不同。我投入地玩自己喜欢的。虹投入地倾情于她身边的他者。

虹的故事在继续。不久前一直在同学群美好出现的虹忽然消失了。一个月后微信群里又出现虹独有的那个芭蕾舞姿的表情，我想这个表情只属于虹。

原来一个月前虹被医生怀疑得了不治之症。终于警报解除，一场虚惊。

虹说，那些天她和先生想了很多。虹一一嘱咐着先生，事无巨细。我又流泪了。这次虹没有奇怪。

我的记忆里又有一个关于虹的故事呈现。一个声音说，虹带给我们快乐。虹在饭桌上跳起了芭蕾。

她这样的女子

　　燕是我大学时的同学。大概是九十年代末吧,燕和她先生调到杭城西湖边的一所中学。燕后来在西湖边买了一个面积不大的公寓。从此的燕,守着西湖边的家和学校,守着西湖,过起了她自己的生活。我想象中燕的生活就像杨绛被很多人广为引用的一句话:世界是自己的,和别人毫无关系。

　　学生时代的燕虽然看上去安静,其实骨子里是有点侠义气的。有时心血来潮,燕会突然走到我寝室对我说,该洗被子了吧。哦,我像是被提醒。还没等我全醒,燕就拿起剪刀爬到上铺,把我的绸缎被面拆了下来。那时的被子分成三个部分:被单,被面,棉芯。被单裹着棉芯,上面覆盖着被面,需用线缝起来。

　　燕把浸过水的被单摊在台板上,动作麻利地打着肥皂。接下来的情景似乎很有喜感了。我和燕光脚站在水泥池里,边踩着被单边说笑,无数的泡沫拥挤着淹没脚板,我们像孩子那样头顶着蓝天,沉浸在简单的快乐中。

　　不过你也别以为燕会把自己的生活打理得怎样。有一天管寝室的阿姨挨家挨户地在各寝室吆喝:哪位同学的毯子哪,在宿舍楼的屋顶晾了好几天了,昨晚一场大雨……这条象流浪狗一样被遗忘及大雨浇透的毯子居然是燕的。

　　没课的午后我们也会去牛奶场喝牛奶吃面包,看下午场的电影:《流浪者》《安娜·卡列尼娜》《德伯家的苔丝》《乱世佳人》等。

我和燕有时也会闹别扭。那样的时候就各自躲进自己的蚊帐里，写诗看书。据说燕还编书，美其名曰《少女的启示》。但过不了多久，我们还是会忍不住从各自的蚊帐里爬出来，走在一起的。瞧，那一次，我们又在一起散步了，一边讨论着诗和诗的节奏。我喜欢自由诗，不喜欢戴着镣铐跳舞的诗。燕喜欢古诗。踩着满地的落叶，我却不由自主地朗诵起古诗来了，什么"无边落木萧萧下，不尽长江滚滚来""西宫南内多秋草，落叶满阶红不扫"之类。燕以资深古典文学粉丝的身份对我表示鄙视，轻轻哼一声说了句：牵强附会。于是我们又一个向左一个向右踩着不同的树叶折回寝室，躲进蚊帐了。过不了多久，总会有一股什么力量将我们像磁铁一般吸引在一起。临近毕业的那段时间，我们又迷恋起西方哲学来，总是在拿着搪瓷饭碗去食堂的路上说着萨特、尼采，枕边放着海德格尔的《存在与时间》。

毕业后的几十年时光里，我和燕见面也就那么几回。那个夜晚，在岱山中学的操场上，我远远地迎上去，大声地叫了起来：燕，你长高了。我发现燕真的长高了。那时的我们刚刚二十出头，已经是一名中学教师了。夜空下，燕穿着灰色条纹的薄料西装，头发微卷，脚踩红色高跟鞋。燕告诉我，明天她要去杭城拍省级教坛新秀录像展示课。燕显得踌躇满志，快乐的神情似带着些许的无畏和稚气。

九十年代初，我从南方归来。燕像是要探寻出走后的"娜拉"，来嘉兴看我。时值中国改革开放的初始期，河流苏醒，街上花衣绿裙、人潮涌动迁徙，燕带着一脸的探寻还有些许的迷茫前来。早春的夜晚，我打开家门，燕戴着墨镜，进门。然后燕又摘下墨镜。燕的神情像是有点忧郁。我说，燕，晚上还戴墨镜，你也太有形式感了吧。燕沉默着像是要说什么又什么都没说。燕的墨镜让我有一种心灵失重的眩晕感。

就这样我们打开着衣橱，一边试衣，一边聊天，聊理想聊未来。燕像是很吃惊南方归来的我依然是一脸的单纯。浑身上下也没有她想象中的"摩登"。事后我也没有问过燕在她的这一趟嘉兴之旅中找到了她要的答案了吗。或者人家燕压根儿就没有想过要从我身上找什么答案。嘉兴的早春有点寒，看着燕穿上了我留有南国气息的裙装，宽大的带花纹的毛衣，浅咖色薄呢长裙，我像是看到了另一个自己。

我又去流浪，燕回舟山。燕看到我买票时包里薄薄的钱袋，递给我几张百元钞票，语调肯定又认真地说，你这点钱出门是不够的。其实我当时口袋里还带了一张刚流行的中国银行信用卡，蓝色的卡面，长城的图案。只是相比于燕带给我的这份友谊，卡的安全感显得虚拟又空洞了。

上火车前，燕望着远方说，她向往孔子带弟子游学的情景。可是……

"莫春者，春服既成，冠者五六人，童子六七人，浴乎沂，风乎舞雩，咏而归。"燕念完这段，戴上墨镜，登上了绿皮火车，也不回头看我。

再次和燕见面是在 2011 年，那年我送女儿到杭城的中国美院附中。我和燕相约某个夜晚在西湖边的断桥见面。似乎这样的一个时间、地点，对于我们两个傻傻的"文青"来说显得尤为妥帖。其实这倒不是燕的刻意安排，燕是每晚都要在断桥边散步的。

多年不见，我眼中的燕似乎越发婉约和沉默了。穿过树丛，我们俩绕道行走着。我像是一直在说话，燕应和着，若有所思。说实话我有点怀念过去的那个神情欢快、安静而愉悦的燕。哪怕我们在落叶间再次"背道而驰"又折回。

　　不知过了多久，夜空中，我忽然听到燕发出一声悠长而略带沧桑的感叹：这么多年了，不知经历了多少风雨，惊涛骇浪，真不容易啊！我像是有点吃惊又有点不以为然。我想象中的燕应该是平淡而顺利的，生活如同眼前的西子湖一般的悠然、安逸。我在记忆中搜寻着关于燕的印象。莫非，所谓的经历，并不一定指常人眼里都能看到的"重大事件"，也许悄然滋生的"心灵事件"才是影响一个人的"重大事件"？释迦牟尼坐在菩提树下顿悟的这一刻万物静谧无声，然而这一刻之后呢？我不禁哑然失笑，这跟燕有关系吗？

　　在断断续续地谈话中我像是走近了燕内心曾经的某个路径。

　　累了，我们在西湖边的一条长椅上坐下来。望着湖面，燕喃喃自语：其实我喜欢那样的一种自由。

　　"湖的自由？"我问。

　　"不，是海。"

　　我们沉默了一会儿。我不再问，我们之间像是自有一套话语体系。

　　是的，海一样的自由。我去了远方。似乎去了远方就会离我想要的那种自由更近。

　　"不过，那时他是绝对绝对不会允许的。"燕补充道。

　　后来，燕选择了守候。

　　宁静的生活，驿动的心，不能到达的远方。燕经历了一场悄无声息的"革命"。

　　那个深秋，我绕过香气扑鼻的桂花树，到了燕的家。一个位

全民微阅读系列

于西湖边旧式公寓二楼的小套间。燕着盘扣麻裙，拎竹编手袋在门口等候，脖子上还围了一条薄棉围巾。燕说她刚给高一新生上完"行君子之道"的讲座。

一曲古琴《山居秋暝》叮叮咚咚地在燕的背后响起。我闻到了檀香的味道。燕家中式书桌上赫然放着一叠陌生又熟悉的书：《大学》《中庸》《论语》《孟子》《老子》《庄子》《世说新语》《曾国藩家书》，边上除了一本翻开的《茶道》，还有一本暗红色封面的《金刚般若波罗蜜多经》，一只旧式收音机。

"那套汉译世界学术名著丛书呢?"我脱口而出。

"不再看就送人了。"燕淡淡地说，像是早已忘记了她曾经的痴迷。

"算你狠。"我不再说话。

茶过三巡，聊意浓时，燕从书桌下捧出一个纸板箱。一封封信件洒落暗旧的地板。看到信封上写着"某某老师亲启"的字样，我说我已经懂了。

"你错了，那是我茶文化选修课学生写的。"我习惯燕的跳跃，就像她习惯我的。

我说："燕，省略仙女、美人鱼、西施、偶像、敬爱之类的词念点实质性的吧。"

我们俩忍不住哈哈大笑起来，像上回洗被子时那样。

燕很快又安静下来。

我说，燕，你变了。当然，这次的变不是因为长高，也不是因为变老。我只是觉得你变了。

燕坐在我的对面，素淡的麻衣不再有上回西湖边的隆重、刻意，脸上也不见了粉底的痕迹、香味。燕的嘴唇透出微微的血色。燕像是终于忘记了自己的容颜，还有理想。然而恰恰是这样一种忘记, 一种憔悴的自信让人着迷。

　　燕捧着一束未经包扎的花, 从花店回来。

　　"买花供佛呀?"邻居问燕。

　　"我要把自己供成佛。"燕微笑中自语着, 把我吓了一跳。

你好艾玲

那天见到艾玲是在美院进修报到的第一天。我们等在门外。艾玲出现了，像是出现得毫无理由。艾玲迈着大刀阔斧的步子走过来，声音洪亮。我，我们，大概都以为艾玲是打开那扇古怪的门的最好的选手。不是吗？她看起来就像是你在需要干体力活的关键时刻该出现的那个人，或者说她更像一个清洁工吧。

新同学自我介绍时，艾玲说了很多。关于她曾经的企业，关于慈善，关于学画。时间跨度很大。色彩反差更大。就像在浓而密的深度灰的云层中忽然钻出一缕强光，让你应接不暇。艾玲说她在美院进修七年了。山水，花鸟，书法，篆刻，一个个学过来，只剩下油画和雕刻了。那架势就像是你到了一个水果店想把苹果梨樱桃荔枝一个个地抓来放在篮子里那样容易。

艾玲总是说我用手指擦去画人物素描时某个细节的时候缺乏力度，那样做作地翘着兰花指轻轻地无力地一按。谁说的，最本质的那个自己应该是有力的吧。灵魂咆哮的时候恐怕也会张牙舞爪。什么时候当艾玲不设防的时候大吼一声让艾玲发发抖。每次想到这样的阴谋我就会得意地笑起来。

某个午后我早早地来到教室，开那扇古怪的门。钥匙左转右转总是打不开。我在同学群求救。艾玲来了。艾玲像第一次出现时那样迈着大步，右肩上暗红色的皮包显得沉沉的。艾玲见到我就把钥匙交给我说，喏，你自己开，我教你。向右向左再右转。门果然开了。进门，我在那把户外写生椅上刚坐下，艾玲又说，不行，你再试试。艾玲把我拉到门外，关上了门，反锁。我又重复了刚才的动作。门开了。艾玲说，行了，以后你自己开，不要麻烦别人。艾玲径直走到自己的画架旁，刷刷刷地用炭笔排了几条线又放下了。不行，我困，我要回了。艾玲转身要走。你陪我吧，下午就我一人。我说。艾玲又坐下，在 iPad 上看起了下载的韩剧。声音不会吵到你吧。艾玲说着又戴上了耳机。过一会儿，艾玲忽然拿掉耳机对我说了句：我对你好吧？要珍惜身边O 型血的人。

远远望去，艾玲 iPad 上韩剧的场景更换着，艾玲粉红色的镂空棉线开衫一起一伏的，艾玲睡着了。不一会儿艾玲打起了轻微的呼噜。

艾玲的画颇具毕加索的味道，造型不像别的同学那样精准，但线条干净利索，错在该错的线路上，显得坚定不移，一错到底的样子。在同学们每天训练人物脸部的五个阶梯三个块面的审美疲劳中，艾玲的画让我们读出了别样的新鲜和美感。每当发现艾玲的画有朝着规范化的方向行进的苗头时我们就会百般哀求艾玲别改。在我们的暗示下艾玲的画果真"进步"不大。艾玲有时也怪我们忽悠她：噢，你们都进步，就我不进步。但我们或者是我，却像是怀着歉疚似的由衷地喜欢着艾玲原本的味道。艾玲说她是在用画鸟的技法画人，怪不得艾玲笔下的人物眼神傻傻的纯纯的，让人忍俊不禁。

有时艾玲画着画着找不到感觉了就会发脾气，把笔一摔，说，画这种鸟不拉屎的画真没意思。哪像我们国画全凭灵气，大笔一挥，一幅画就出来了。

一起进修的有一个八〇女,画画时总爱坐下站起,来回走动,挡着我的视线。这天八〇女说她不再挡着我要转到另一个方向了,我正窃喜,只听背后传来艾玲的一阵吼声,她在吼八〇女:你这人真烦,坐下起来起来坐下的,你这样心不静是学不好画的。八〇女也被她说得乖乖地坐下来画了。

第二天艾玲练习几何体,八〇女也来练习,她像是忘了昨天的事,又不时地起来削铅笔,艾玲正为自己起不好形而烦躁,又吼了声:你怎么老像幽灵一样跟着我。让你让你。安玲嘭的一声摔门而去。不知哪个同学轻轻地说了声:艺术家总是有个性的。同学们不约而同地笑了起来。

后来那个总爱在画画时走来走去的女孩倒是画了一个很温柔祥和的艾玲,我说那是要怀着怎样的欣赏啊才把你画成这样。可不,艾玲的吼声是有治愈力的,八〇女像是真的长进了不少。艾玲对她的态度也婉转了。

那天休息时,艾玲拿出一张她年轻时的照片给我们看,在惊叹她的美丽大方之余我倒是平白生出了些许遗憾。艾玲能苦读七年,还拿了文凭,为什么就不能下下狠心减点肥什么的把自己弄得像年轻时那样呢?照片上艾玲的那种静美在现在的艾玲的身上已经看不到了。也许那样的一种美艾玲早就把它丢失在了八年大巴车的风雨路上了,或更远。艾玲的美遗失在了那个时光的隧道里了。

我像是忘了,艾玲好像还说起过当年的她还是地道的上海徐家汇的姑娘呢。

闲来无聊时我会想:是什么让艾玲苦读了七年的书,仅仅是喜欢吗?我还根据艾玲提供的细节给艾玲编了一个故事。当年毕业于同济大学的艾玲的老公可是看上了艾玲的美貌,这是艾玲自己说的。我想除了美貌应该还有点其他别的什么吧，比如她身上的那么一种执拗。然而艾玲的婆婆一直嫌弃艾玲，比如家里穷呀书念得少呀。这口气够长的了，艾玲先是把自己的穷人身份给弄成富人，然后又把自己的没文化弄成了有文化。可不，艺术圈里的人总该算是有文化了吧。何况艾玲还选修了古典文学，差一点还会写七言诗了呢。不对，这样解读艾玲显得太功利，没有创意。艾玲其实也没那么复杂。那天艾玲像是一语道破了天机：在家我是腰缠万贯的保姆、清洁工，现在呢我只是一个总也毕不了业的学生。你们一届一届地毕业了，我永远不希望有毕业的时候，我要的只是过程。这个答案怎样？凑合吧。

漫无边际的学生生活好像并没有让艾玲的身心显得悠闲。或者艾玲天生与悠闲无缘。有时艾玲还会在画画时自言自语：人生一共只有多少个小时，我大概还有多少个小时，所以我要抓紧啊，时间不够用呢。有时艾玲也会面露忧愁，说，老公快要退休了，他说让艾玲继续做自己喜欢的事好了，但好歹夫妻一场总该陪陪他吧。早饭，中饭，晚饭……这时的艾玲面露愁容，黑黑的大大的苍老的眼睛望着远方，或更远的远到看不见的地方。那样时候的艾玲是我印象中的沉思的艾玲。艾玲的视线像是指到了生命的某个点。

艾玲的梦想听起来很多，还总是变，比如一直在学校读下去呀，教学生呀，支教呀，做画商呀等等。艾玲的大孙子对艾玲说，奶奶，你都这样了让我们怎么活啊。艾玲哼哼冷笑一声道：你们活你们的，我活我的。

让艾玲独自去念叨，思考吧。我倒是关心艾玲减肥的事，我觉得照片上那个徐家汇的姑娘实在好美。但显然我的完美主义情结还是圆满不了现实中的艾玲。艾玲就是这样，用岁月练就她的另一副身体,嗓音还有别的什么,完成着总也完成不了也不想完成的她自己。

　　一天天过去了。艾玲没有变回她年轻时的模样,除了我在梦见她的时候。嘘,轻点。艾玲来了。艾玲沿着长长的走廊走来了。

影儿·萱

那个夜晚,我和英、惠乘坐的宁波到深圳北的 **D3125** 列车到站了。如果我没记错的话是 **2014** 年的 **8** 月 **15** 日。

人生中每一次的出行都各有各的缘由。比如这次:英是因为公司繁杂想清静两天;我是因为一直想看看九十年代初待过的地方;惠呢,只是作为孩子跟随大人出行,她高考刚结束。

萱来接我们。萱是英的堂妹。我是英的二姨。惠是英的表妹。再多一层关系我就弄不清了。

黑暗。灯光。人群。喧嚣。我听见萱的声音在夜空中流动,轻柔得像电台午夜时分主持人的声音。想必你人生中的某个时段或多或少会听过类似的节目。

萱带我们穿过马路,走向停车场。萱按下了遥控钥匙,在密密麻麻的车群中,有一辆车的车灯闪烁。黑夜中的这种闪烁和回应让我产生了奇妙的感觉,像是跟这辆深灰色的车子有了某种感应。

车辆行驶在那个我熟悉而陌生的城市的某条大道,但我已不认得它的名字。是的,这个城市的体量比十几年前膨胀了许多,就像一个无法回避发福趋势的中年人。

先吃吧。萱带我们来到某条老街的海鲜煲店。桌上坐满了等粥的人。半小时后新鲜美味的虾粥上桌了。因为它实在太美味,以至于我都忘记桌上还有别的菜。回宁波后英曾试着做了一次,但还是无法复制当时的美味。时间，火候，氛围。也许世间的种种美妙都是一次性的，就像身体的某种症状出现了就出现了，消失了也就消失了。但人们总喜欢去回味，重温。这也是人的毛病。

不知是源于我对深圳的那份感情，还是我与萱有了某种默契，那天，我看着萱，说，我有点想写你。于是，在我们的行走间，我的耳畔开始伴随起萱的低声细语。

我们穿梭于深圳大芬油画村。这样一个艺术品复制地似乎不再需要自己刻意琢磨艺术家的笔法和意义。在远离意义的地方，一切显得那样的随意和轻松。这真是一个好时代。

萱停下了脚步。她在拍自己的影子。正午的阳光下，萱的影子拉得好长。仿欧的小木屋，镶着金框的蒙娜丽莎像使得大芬村的格调在美人相机上越发高大起来。此时，仿佛只有萱的影儿是真实的。萱说起了她的童年。

"又是一个女的。"

这是萱出生时萱的姑姑说的。"又"前面的那个指的是"英"。

说者无意听者有心啊。萱的母亲咕哝了一句："像是我生了第几胎似的。"

而那个襁褓中的萱又懂什么呢。她的小胳膊摆动着，眼睛微闭，像一只可爱的小红鼠。

萱像是还想说些什么。

"我懂的，我懂的。"我迫不及待地打断了萱的话。我想说的是，作为家里的老二，我懂她的。当然萱不是严格意义的老二。人家明明是家中的老大么。

也许是萱出生时姑姑的那句话起的效应，萱像是从小就有老二意识。在我的记忆中，小时候的萱乖巧无比，总是跟在英的后面，姐姐姐姐的，维护着英在兄妹间的绝对权威。

幽暗的旧日。那是萱很小的时候了。

母亲、姑姑、奶奶，围着在桌旁。她们在说着什么，关于母亲的。

萱看见母亲低着头，哭泣着。

姑姑、奶奶还在说着什么，神情带着责问，抱怨。总之是母亲做了什么不该做的事。

萱仰着头。

忽然，母亲的鼻子还是嘴里流出血来，把童年的萱吓了一跳。长大后萱才知道这叫急火攻心。

大人们的事至今萱都没有弄明白。但那鲜红的一抹像是黯淡的旧日时光中的一个醒目的印记。

八十年代末，萱的父母、二姨跟随萱的二舅来到深圳。萱的二舅算得上是深圳最早的那一批创业者了，在宝安一带创办了自己的工厂。那时他们的事业也像年轻的深圳一般的热火朝天。

而萱则成了最早的留守儿童。萱像是来来回回折腾过好几回，去深圳上学了又转回岱山。父母像吃不准究竟要让她在哪里，要怎样打造。

萱说，有一次母亲对她说，萱，用功点哦，我们都在为你打工。萱的父母也像这一代的许多父母一样，像石匠，拿着沉甸甸的一块石头，左瞧又瞧，不知从何下手，生怕一不小心用错了力，毁了这块石头。

我们在一个画者的身边停下了。他在画廊门口画画，带有那么一点表演的意思。他说他是美院毕业的。他说他喜欢这种只把艺术看成谋生行当的活法。这样简单啊。管它呢。他边说边把一抹黄的颜料甩到画布上。

为什么不去北京，**798**，宋庄什么的？我问。

他说这里来钱快，一天能卖几幅，虽然价钱不高。

"一幅画挂几十万，一辈子卖不出几幅。你认为有意思吗？"
见我不语他又补充道。

我们向前走去，我又回头看了眼他的画和那个投入的背影。

"然后……"萱继续她的叙述。

萱奶奶家后门傍着山，前面是一片大院子。

萱蹲在蓝色的洗衣盆边，洗衣粉的泡沫淹没了小内衣，萱把
手浸在盆里，玩起了肥皂泡。萱说她也忘了，为什么一场美丽的
肥皂泡的故事最后留在记忆里的是那个夜晚自己伤心的痛哭，
很伤心很伤心。萱强调着。

只是因为爸妈没来电话吗？

也不是。

我印象中少年的萱有点轻盈又像是有点沉重。轻盈是因为
这是一个心思轻盈得像蝴蝶一般的年龄。而沉重呢，父母的远离
对于十一二岁孩子的影响真的像心理学上说的那么严重吗？

听到"很伤心很伤心"这里时，我连忙从双肩包里找纸巾：对
对对，纸巾，摄影师，道具，灯光。

我们两人哈哈大笑起来。我只是很想把少年的萱轻轻地调
侃一下，想让她恢复少年的模样。但眼前的萱却不那么同情少年
的萱。萱的眼里没有眼泪。萱只是沉浸在其中，像在说着另一个
人似的说着曾经的自己。

萱，我们像在忆苦思甜。难道奶奶是大灰狼吗？

我们又大笑起来。

萱的眼神迷蒙起来。萱说她忘记了。她只记得奶奶很吃惊地

看着萱洗衣盆里的肥皂泡。肥皂泡在少年萱的眼里有一千个白雪公主，在奶奶的眼里它只是被浪费了的有用之物。奶奶把萱盆里的肥皂泡倒到另一个盆里，另一个盆里又放进了另一堆大人们的衣服。

那个夜晚萱躺着，窸窸窣窣地哭了起来。萱睡在爷爷奶奶后面的小床。萱听着爷爷奶奶酣睡的声音。萱摸到一支马克笔在墙上写道：有爸爸妈妈的孩子真幸福。借着月光，萱似乎看到了幸福两个字的模样，又伤心地哭了起来，在字的下面画了两个大人牵着一个小人。

第二天，萱的半夜涂鸦被姑姑看到了。萱，你是说你不够幸福吗？萱的姑姑从后背抱着了萱，萱哭得更厉害了。

这以后呢？

萱做了一个鬼脸，我被寄养到老师家里了。

老师？

我十分同情地看着萱。

我们又哈哈大笑起来。我表示十分同情一个寄养在老师家的孩子。

萱叙述中的少年的萱终于回到了父母的身边。

回到父母身边怎样？

嗯，反正不一样。

你知道我那时候最开心的是什么吗？

萱像是在悠长的时光中捉住了某种蛛丝马迹，脸上露出快乐的神情。

萱说，他们一大家子和工人一起都住在二舅的工厂里。萱说她喜欢给工人打饭。看谁吃不饱的样子萱就舀一大勺饭倒在谁的碗里。有时还会来点红烧排骨糖醋鱼荷包蛋什么的。工人们给萱取了一个绰号叫"懂事长"。每天下午一放学萱就在工厂的院子里跑进跑出。

萱在一台台的机器和工人们之间奔跑着。野猫和野猫追逐着，野猫又来和萱追逐。阳光下灰尘漫舞。这是一个美好的记忆，萱说。工人们说话像在喊。萱喜欢那样一种带着后缀的长长的拖音"懂——事——长"，四川口音还是别的什么地方的口音。

我见少年的萱向我跑来。萱没有提到二舅、二姨、父母。他们隐藏在时光的背后，没有出声，很识相地避让着萱玩耍的忘我。或者他们也在萱不太明白的另一层空间玩耍着，忘乎所以。是的，一定是这样。九十年代创业者们的模样一定是这样：像萱那样疯疯的。

萱第一天到教室，已经晚了，下课了。一群学生叽叽喳喳地，相拥着走出教室，他们在阳台那边，草坪那边，树那边站着，躺着，搂着抱着。

萱怯生生地站在那里，有点不好意思。萱在兜里掏钥匙圈，似乎带着哀求的神情看着他们，像是自己不该来这里打扰他们。

萱迟疑着。在迟疑中萱像是闻着青草的，还有汗的味道。草的味道很特别，有点湿润，不是舟山的那种艰涩；汗的味道有点像新鲜的牛奶。萱说到她的初中。

你知道那时的我是什么样子的吗？

童年的萱就像卡通画里的小可爱，剪着一个童花头。初中转学时萱已经戴上了八百度的近视眼镜了。一副愣愣的呆萌的样子。

同学们叫萱"北姑"——广东人对广东以北的女孩都这么叫。在他们眼里江浙与东北都一样，都是北方。好吧，萱这个北姑,转学来到某中学的最差班。开学那天班主任对一脸郑重的母亲说,如果连续三次考试排名靠后是要被劝退的。

我想象中的萱就那样蒙着头背着读着,结果每次考试都在前三名,萱成了他们班的"鸡头"。当了一段时间的"鸡头"后,萱显得有点忘乎所以。一天班主任找来一张大大的密密麻麻的表,说,这是全年级的排名表,她在萱的名字上画了红圈,又在萱前面十几位的另一个名称上画了蓝圈。老师说,篮圈里面的那个人就是萱的假想敌,萱必须日夜紧盯,不能放松。萱看着密密麻麻的大表,发现自己和假想敌的名字其实也就在中间靠后的位置,萱似乎这才明白什么是"鸡头"和"凤尾"。

高中时的某个夜晚,萱听着《夜空不寂寞》,被故事里的男女主人翁的故事感动得稀里哗啦。听着听着萱像是忘记了自己的很多"重大事件"。比如奶奶家的肥皂泡,北姑时代的尴尬,被某同学狠狠踩过的白板鞋,课桌后面错过的那个幽幽的眼神。萱发现大人们的世界被什么东西充塞着,塞得满满的。那些叙述者们说着哭着,被主持人狠狠地骂着,让萱不知所以。大人世界的庞杂无序倒让萱理出了头绪:做个暗无天日的高考生其实挺好的。可以被父母作为特殊"病号"照顾着,伙食丰富,空调开得很足,更重要的是父母进门出门总是小心翼翼、轻轻的样子,像脚踩着空气。每当那样的时候萱就有一种满足感,一种感觉自己很重要的满足感,但同时又有一种油然而生的愧意。这种愧意似乎要追溯到萱出生时姑姑的那句"又是一个女的"的话。萱像是打婴儿时期起就没有进入到由内而外的公主状态。公主从来就是心安理得,一副全世界都是为她一个人而设置的样子。而萱没有。

画室满地的铅笔灰、木屑,一个个黑乎乎的人头,半身、全侧、三分之一侧,笔,橡皮,丙烯颜料,水桶。拎着画箱飞南走北,这样的场景是属于是中国美术生的。

萱考入了深圳大学美术学院服装专业。

某一天在校园的那个转角,萱遇见了高中时的同学。

萱,是你呀,你变了。

萱说那个时候是她人生中最自由不羁的时候。她把能报的校内团队都报了,什么戏剧社,舞蹈社,模特社。萱似乎迫不及待地要让自己在一夜间变出无数个自己来。原来这二十几年中,这无数个"萱"一直住在自己的身体里,只是主角的"萱"击败了无数个"小萱"。或者不是击败是被指定,被父母指定。母亲说过,次要矛盾必须让位主要矛盾。从萱的身体里舞出来的那个"小萱",尽情地舞着。一个孤独挣扎的肢体语言后,舞者萱慢慢地倒在舞台正中央的那一束光影里。当然那样的时候父母不会看到。

父母看到的有吗? 萱像是很后悔又不解地重复着。毕业秀时我怎么不叫父母来呢,怎么不叫呢?

萱把那些奖状和某些特殊的礼物一起锁进抽屉。

那天萱告诉父母她要去美国,去见一个人。

是的,自从一场错误的选择解除之后,萱一直沉默着。

萱和父母住在一个面积不大的二手公寓里。柠檬黄的真皮沙发醒目地占据着萱家的整个客厅。萱的小卧室有着前主人家孩子留下的粉粉的童真。在父母的屋檐下萱依然被当成孩子。一家人在一起倒也其乐融融。只是每当提起那场错误的选择以及新的进程,大家就会开始一场表情复杂的情景剧。饭后,母亲的营养大餐又开始了:同学会的酒店菜肴包厢,同学孩子的婚宴,同学外甥女的满月酒。母亲滔滔不绝,眼中充满着向往。

母亲显得神采奕奕的表情像午后过于充足的南国的阳光照得萱睁不开眼。

萱走进自己的房间,躺在那个粉粉的儿童床上。

萱从美国回来了。萱推开家门的一瞬间父母就读懂了写在萱脸上的宣言:我就是一个人了。怎么了?

以前那个乖巧的萱可不是这样的。大学毕业足足有两年的时间萱听从父母的意思进了一家体面的国有房企。现在的萱终于跌跌撞撞地带着如梦似幻的表情做回了她的设计师。

萱带我们来到梧桐后院的一家咖啡店。这个咖啡店的店主是一个三十来岁的男子,一副从容安然的样子。我们要了咖啡、松饼。松饼是他的特色,虽然看起来只是两块华夫饼干夹点果酱。

那是萱职业生涯中的重大事件。那年,萱接到了公司的任务,让她担任享誉国际的深圳时装周的设计总负责。

萱站在影儿时尚集团的"向艺术家致敬"2015 秋冬时装发布会巨幅广告前:

INSUN 恩裳在万众期待中浮出水面,现场星光熠熠,宾客云集。毕加索的名作《梦》置于 T 台幕布中央,模特在优雅舒缓的音乐里身着融合经典艺术作品的服装款款走来,一时竟令人有时空位移的错觉⋯⋯

那些富有激情的广告语言似乎真有效果,至少它把萱快要看哭了。萱设计的红白两色时装系列像是泄露了萱内心的宁静与狂野。那是萱作为老二不曾表露过的心迹。宁静和狂野交汇在萱的内心,而艺术恰恰是一种药安抚着这两种不同性格的河流。

那天萱足足花了三个小时把自己装扮得极其隆重。十二厘米的细高跟鞋,蕾丝的裙边,手袋,香水,指甲,发型。不过萱似乎又在不知不觉地重复着另一种错误——她依然没有告诉父母。下午两点,萱带着满满一大箱的盔甲,甚至还有那个仿古化妆镜来到公司。萱喜欢周末的公司。在偌大的办公区域,萱摆开她的龙门阵,在音乐声中萱感觉自己像一个女王。

十四套服装将要登台亮相的最后一小时,萱忽然想起那个白色的小道具手帕还在办公室的抽屉里。当然它的存在几乎可以忽略不计。但在萱看来却像是一个没有涂完指甲油的指甲,似乎缺了点什么。

萱拿着白手帕狂奔而来,那是模特儿上场前的最后五分钟。警察做了一个手势拦住了萱。

萱站在广场,听着场内传来的时而舒缓时而劲爆的音乐声。萱抬头望着那些模特儿,她们几乎是横空出世地打萱的眼前走过。一个特写的明眸皓齿像是故意要把萱的心映照得极其渺小。萱坐在地上,退回童年的那个老二。

这都是命。

萱像是听到一直在寺院的外婆的声音。她总是爱这么说。

设计团队登台致谢的时候,萱像小时候抬头崇拜地望着台上的姐姐那样地望着她们。萱想起了自己那一次在学校舞台表演舞蹈的情景。那一束灯光照在身上的感觉真的很棒哦。

凌晨两点,我按下萱录在微信上的语音,带着某种梦幻和怀旧的回音。此时的萱是否想起她高中时的那个收音机了。萱像是很享受这样的一种叙述。或者那是属于萱一个人的《夜空不寂寞》：

其实，这些年我亲眼看到二舅的公司从初期的创业到鼎盛到衰落。我是从小到大看着的。我不知道怎样来形容我自己的感觉。但他们又很快适应了新的环境新的市场规则，又重新出发了。我父母算是转型比较慢的，但他们还在努力为自己为我能适应这样一个竞争的环境而做着什么。

萱在手机里自言自语着。萱的这段朴实的语音在午夜时分显得格外的抒情和诗意。也许语言的动人不在于语言本身，而在于说话人。

夜让物质的城市过滤掉许多声音，像是瞬间变得精神起来了。

这是一个浮躁的时代；这也未必不是一个宁静的时代，在白昼的背面；在另一些人的心里。

萱，你可以拥有一间自己的房间。我对着手机喊道。我想起了伍尔芙的《一间自己的房子》。

黑夜里我的声音似乎变得洪亮起来。我又听了一遍萱的语音，直到渐渐迷蒙，进入梦想。

穿过那些温柔 你的行走

你行走着。一双双眼睛浮现在面前,父亲的、母亲的、爷爷的、奶奶的、哥哥的、姐姐的……在很长一段时光,你甚至觉得那些温柔的眼睛里隐藏的光似乎要将自己整个地淹没。

那么说,你是在逃避。也许,你不知道的还有很多。在你去江西九江上大学的那些天,不,应该还有很多天,有一个人总是悄然溜进你的房间,闻着被子上你留下的气息。那是父亲。

十年前,海岛,岱山的秋季,天空很深很蓝。某一天午后,有人骑着自行车赶到十五里外的一座寺院。那年那一刻的落日正照着金黄色的寺院和她盛年的额头,那人就是你的母亲。那天她找了那个高人,将你的名字从若凡改成了湛翔。那一年你十三岁。

你说,那是你生命中最暗淡的时光。那些阿拉伯数字以及莫名其妙的符号像魔咒将你的中考成绩拉向谷底。那个夜晚,你转过头,面露不屑,向海那边走去。你似乎在心里酝酿着一场行走。不过,你又折了回来。风只是将你的头发吹得凌乱。你听到了不远处有熟悉的呼唤的声音,这声音像是与你有关。是的,你总能在某个关键的时刻听到这样的声音。这样的声音似乎总是与你有关。你期待着,又像是带着某种痛似的回避着。

终于,你走向通往自家的楼梯。那是海岛改良期的公寓。小区宽敞整齐,楼梯是水泥的,家门口垫着暗蓝花纹的垫子。门开着，你走进室内，地板崭新铮亮。茶几上的水晶碗装满剥好的石榴，颗颗似珍珠般微红发亮。金属小勺子安静地躺在那里。你瞄了一眼餐桌上红红绿绿的菜，抓起一盒插好吸管的莫斯利安酸奶轻轻带上自己的房门。

当然你不会看见，在另一个房间，有两双你熟悉的眼睛发着光追随着你的身影。直至你的房门完全闭合，那一头还有人竖起耳朵以其敏锐的听觉辨识着来自你这边的声音。突然，你的房间里响起了摇滚的旋律，那是迈克尔·杰克逊的《你真棒》，你在自己狭小的空间内舞动了起来。

你还是去了，去东沙中学读高中。一座坐落于海岛古镇的艺术特色学校。你知道，对于你，那不容易。不容易的是你又走进了藩篱般的羁绊，魔咒般的黑色数学符号。当然，还有一层的不容易是来自另一个人，那是你的爷爷。他是这个岛县政府的秘书，在二十年前。不过，退休后的他依然在用他的生花妙笔奉献着余热。

当你父亲说你将远行读不受分数限制的私立高中时，爷爷终于一次性获取了他默默奉献的报酬：你进了这所在岛县小有名气的艺术特色高中。是的，就像你总是在某个关键时刻听到呼唤的声音一样，他也总是在某个关键时刻听到某一种类似召唤的声音。这声音像号角。军号吹响，哪怕心里有十万分的纠结，他还是会勇敢出击。

你徘徊在小岭墩水库的堤岸。这海岛总会有大大小小的水库，那是岛里人生活用水的来源。不过此刻，在你眼里它只是一泓温柔清澈的精神之源。海水很浑浊，起伏，恣意，汹涌。现在你只需这样的一种"静"。当夕阳西下，离开沸腾的校园、篮球场，你总会在这里，一个人来来回回地走着。那是属于你自己的时光。

此刻,母亲就在租住的不远处的小楼向佛祈祷着,揣摩着你今天的心情,模拟考的排名,或者是想着那个令人纠结的数学公式是不是变简单了。

晚上的鱼是红烧还是清蒸?餐前是甜点还是饮料?有时你甚至觉得自己像皇上,只是少了一件黄袍,一顶礼冠。这样想的时候你好像并不开心。

哈哈,妈,我终于脑洞大开了,数学真……真够简单。傻瓜才把它当回事。母亲打了一会盹,做了一个白日梦。

其实,晚饭后母亲总会和你一起来这里散步。母亲的神情看起来永远是那样的愉悦,善解人意。她总是说些自己小时候的糗事,也不拿某某儿子女儿怎样怎样来说事。有时她还会抓一把石子一颗一颗地扔到水库。来。儿子,我们比比谁扔得远。但是,无论她怎样的若无其事,你却总是会在母亲的眼神里读出某种恨铁不成钢的着急。不,那完全是你自己的臆想。那么,是期待是乞求吧。你的心开始忧郁起来。

此刻多好,一个人。心变得宁静,很宁静。你这样对自己说。其实,你没法宁静。在青春期最美好的萌动中,你总是会用这一泓清澈的眼神看前桌的她。但你发现,她那一泓清澈盈盈的目光总是向着另一个身影,向着他——那个满脸青春痘,黑框眼镜里眼窝深凹的人。可恨的他从小参加过大大小小的奥数赛,书柜里塞满红的紫色绸面的塑胶的奖状。要不是语文作业离题,他也许也不会来读这个学校。我愿意把我的那篇美文给你,不,把那首诗给你。你滚吧,越远越好。你在心里哼了一声。想起自己中考作文时刷刷刷流入笔尖的灵感,不禁得意地仰头大笑。

在幽暗的灯光中,你坐在房间的中央,说着什么。你的话语始终断断续续,但你是投入的,专注的。你在说着你在学校的状态。总之那里的一切让你不舒服。宁静得似乎远离尘世的校园，却是一个喧嚣的世界，你无法躲避。

你诉说的对象是你的二姨，她试图在用心理学探究你的所谓学习不用心的症结。这是你母亲的意思。实际上你和你母亲的期望都有点高了。这倒不是因为你的二姨只是一个业余的心理学爱好者，而是你们俩路途迢迢地赶到杭城想一次解决不爱学习的问题，这也许有点难为她了。

回去的时候你和你母亲都说，一点效果也没有的，一点效果也没有的。你的二姨目送着你们两个理性主义者的背影不禁摇头叹息。爱学习还是不爱学习，这是一个复杂的问题，弗洛伊德再世也无法解决的问题。你二姨像是在自言自语。

不知从什么时候起，你发给你二姨的诗歌开始源源不断：

那个夜没完没了地黑着
盛着大雨倾盆的泥土
……
狐狸偷走我彩色的画片
是怕
是怕你冷眼一切有我的胶卷
……
愿
夏末不再是远方的诗
愿
你走近的
不再是我曾经的路
……

在高考最后一次模拟考后你彻底放弃了万恶的数学，还有她。你一口气写了二十首诗。加上写给偶像迈克尔·杰克逊的长诗，一共二十一首。那些不成熟的诗是石头缝的背光处长出的嫩叶，敏感纤细又倔强。

你把这二十一首诗抄在一个有着雅致花纹的笔记本上。你抄写时的神情有点像中世纪的抄写员，你拿的不是鹅毛笔，但那一刻你的灵魂似乎"幽暗而体面"。

你把笔记本放在那个抽屉里。抽屉里还有别的，玛瑙的象棋，奥运会的徽标，迪斯尼的饰品，爷爷送的岱山解放六十周年纪念币，满月时外公送的银手镯，还有各类大大小小的玩具汽车、动物、奥特曼。它们各就各位，摆放有序，甚至没有用时留下的污渍。你关上抽屉，把一堆过去锁进时光里。

高考前一个月你对母亲说，你要参加杭师院的三位一体考试。几十个夜晚自己在房间里自编自导之后，你出现在一群评委面前。你似乎没有半丝的慌乱，这倒不是因为你大胆，而是你已全神贯注在舞蹈中了。"I Believe"这是你给自己舞蹈取的题目。你说那短暂的五分钟是你漫长的中学时光唯一一次"高峰体验"。尽管在大人们的评价中这无疑又是一次瞎折腾，因为没有他们要的那个结果。是的，你进了前四十名，但那分数跟不争气的高考分一乘一除又烟消云散了。当然这是后话。

黑色星期日终于来临了。一切到了该明了的时候。高考分数一揭晓，大人们开始汗流浃背地算分数，但无论怎么算你的分数都够不上艺术类本科的分数。尽管你的色彩很棒，跟作文一样，你的色彩得了高分，但那又怎么样呢。

学校揭榜的那一天你用你喜欢的柠檬黄在房门上写了大大的厚厚的几个字："那又怎么样呢。"

是的,那又怎么样呢。你到了江西九江读了一个大专院校,你学了酒店管理。

是的,那又怎么样呢。你在微信上每天更新着图片。五星级酒店的大堂,客房,餐厅、美食,西装革履的人们。你站在酒店门口,鞠躬到位,彬彬有礼,实习结束你被评为服务明星。

第四学期开始,管理理论教学又继续了。你和许多同学在课堂上把手机开成静音,玩着游戏,刷着微信,聊着美食美女。

那一天你望着窗外,给母亲发了一条微信:妈,春天到了,我想去旅行。

你的足迹走过庐山、武汉、西安、厦门、昆明、广州、香港……你说说走就走的旅行实际是不存在的。每次外出前你都会做一个周全的计划。提前订机票,订酒店,了解当地的气候、风土人情、主要特色景点等等。

但其实最初的旅行充其量不过是三五好友一起瞎逛罢了,除了走马观花,觅食是那时旅行的主要内容。常常是在某某食街吃着五颜六色的油煎食品,香味扑鼻;街上,人声和油锅一起沸腾。鱿鱼、秋刀鱼、豆腐、年糕、土豆、蘑菇、玉米,凡是你想得到的东西似乎都可以拿来油煎,烧烤,你和他们用着一次性筷子,端着泡沫饭盒,吃着传说中的美食,以至于那一年你的体重猛增二十斤。

那一次的泰国之旅是你们一家三口去的。是的,你有点忌讳说它。那天你和你父亲在入住的酒店游泳池游泳。不知为什么,每次在他面前你总要恶作剧地制造一点惊险,是为了验证他有多在乎你呢,还是觉得跟他在一起太安全了,不怎么会游泳的你胡乱潜入深水区,当他发现时你已吸入了太多的水。时隔多月你母亲每每说起还心有余悸。父亲紧紧抱着你，救护车呼啸而去，母亲站在酒店的阳台默默祈祷。你开了一个怎样的玩笑啊！你母亲说，危险解除后你父亲拿起电话向她报平安时却号啕大哭起来。

泰国回来后你在微信上说：再见，不可思议的泰国。你发了一个祈祷的表情。

爱是危险的，被爱一样危险。慎重慎重。

爸爸，我错了。你说。

这以后你变得沉默。

你选择了独自一个人的行走。

在丽江你和偶遇的老外驴友一起泡吧聊天；在西安你买回了外公最向往的兵马俑小泥人；在广州你和室友、店老板一起买菜做饭；在香港，你说那是你第一次坐地铁，第一次一个人出关。你在等地铁，顺手将一张用过的纸巾扔到垃圾桶，一阵风把它吹到一个手臂上文着文身的某个"非主流"青年脚边，那青年一脸虔诚弯腰捡起把它投入垃圾桶。你说，这一细节让你改变了对"非主流青年"的看法。这以后你陆续在公众平台写下诸如《你好·西安》《香港旅行攻略》等等图文并茂的游记，貌似某旅游台主持人的腔调。

那么，下一站要去哪里呢？你说你不知道。包括自己要去哪里工作，在哪里生根开花结果，都不知道。因为现在是迷茫期。不过，你说你不会来一场说走就走的旅行，你说你的每一场旅行都会有所准备。当然也包括人生这样的旅行。

春节家庭聚会，你外婆说靠在门上的那个小伙是谁，你母亲说，是你。原来你已减去二十斤，摘掉了眼镜。你二姨说你有点像年轻时的周润发。

那天你写下了这样几行莫名其妙的文字：

我和时间站在那里，我走向海边，影子很长，长得像虚幻的真实。我行走着，想象着背景墙上那些注视我的眼睛，有点温暖、有点期待、有点担忧，有点令我不敢回头。我好像在想我的下一场旅行了。也许大概一定，是。

浊海飞鸿

我要说的是一个名叫鸿的人。是这样，他看起来极其普通。

他穿着一件暗黄色的夹克衫，还有一件有着蓝横条纹的 T 恤。

冬天呢。我想不起来了。

跨越年代，我把带有泥土色泽的衣服强加于他，就像我把我想象中鸿的故事强加于他一样，有点自说自话。是的，在无孔不入的信息时代，我的大脑似乎只剩一点点用来瞎想的空间了，那么我就用它来想象鸿吧，也许只有鸿这么"简单"的人才能容纳这一点点空间。

我看了几篇鸿博客上的文章，那些平淡琐碎真诚而略带忧伤的文字。

鸿的面貌似乎也停留在几十年前的那个样子。也许鸿的低调内敛平和让他保持了生命能量的最低消耗。这么一想，觉得鸿真的是挺赚的。

我想用他的博客名浊海飞鸿作为本文的题目。

浑浊的"浊"字怎么拼。我在群里喊了一声。

大家各玩各的，似乎没人理我。

"zhuo"鸿发过来了。当然，他不知道我要干什么。

写好题目，我又懒懒地将文字散落在一旁，不再动笔。而鸿却还像过去那样有条不紊地在朋友圈里点赞。微笑。玫瑰。转发。

鸿总是能及时发现隐藏在微信中一丝一毫的美、真诚和某种欲言又止的表达。那样的一种关注我愿意把它理解成是鸿发乎内心的善意。事实上，没有人能做到这样。在微信圈，更多的人喜欢把一粒普通的玉米膨胀成爆米花，松脆好看甜蜜，却带着糖精般的虚情假意。

而鸿只是一粒货真价实的玉米，玉米落在泥土一不小心就发出芽来。

八十年代末的某一天，夜晚。一群人穿过岱山高亭镇安澜路口的某个转角。他们像是要前往哪里，又像是刚从哪里回来。

他们的背影与黑夜重叠，不远处的街角路灯昏黄。我有时常常怀疑自己记忆中的某个场景是否确实存在过，但我还是愿意去相信这一个又一个不同的场景，像是要为自己心中的某种记忆找到合适的方位和表达。

这一群人就是当时岱山的那些文学青年。那一次聚会似乎是因为我要离开，抑或是鸿离开后的重新回归。说起来这是一件富有戏剧意味的事情。那时我总是想着要离开岛，惦记着远方的那些实际跟我没有多大关系的事物，比如：绿皮火车、没有连绵的远山阻隔的平原、比海平静很多的湖。五年后当我得知自己终于要离开三面环山的酒坊，走下那个铁锈斑斑的高亭山外码头的夹板时，似乎我内心深处对这片海的情感被掩藏在了倦鸟挣脱鸟笼般的兴奋里了，以至于我至今记不起来那一刻的忧伤和别意。我有点为那一刻的没心没肺而内疚。事实上，当汽笛鸣响，船只驶入海的深处，那份隐藏的别意象猝不提防被揭开的伤疤开始痛楚起来。

鸿习惯于淹没在人群中，默不作声，身影渐远，成为一个点，在我将离开,鸿刚回来这样一个交叉点上,在那个记不清季节、冷暖的夜。

是的,鸿淹没在人群中,默不作声。一群人在大声说话,边说边穿过马路,气氛愉快,话语中带着调侃,街角的空气中弥漫着葱油海瓜子加海腥的气息。

一个背影被三五个精干的年轻人推搡着,簇拥着,那个背影是鸿吗?或者是另一个人,鸿似乎只习惯默不作声地在一旁,微微笑着,甚至连嘴角的笑意都很内敛,鸿像是不太会习惯被簇拥被推到前台充当主角的样子。是的,那个人也许只是我希望中鸿的样子。事实上那是另一个人,另一种声音。

当然那样一个推推搡搡的场景似乎是我印象中那个年代我们这些年轻人的亲昵习惯。在朋友们的闲聊中我大概知道了一些鸿的行踪。

鸿是南京人,几年前鸿的家人迁往南京某地,鸿也调到那里的某个单位。可是在我要离开岱山的时候,鸿又调回来了。

如果你是六十到七十年代出生的人一定知道这个"调"字的含义,那是计划经济时期的产物,那时的大学生都由国家分配到某个单位,多半是机关或事业单位。一个人要跨区域调动,中间不知要经过多少部门,惊动多少人。虽然我后来也从事过多年的人事工作,曾听我父亲一遍又一遍地谈起他为几个子女工作奔跑的过程,但我似乎总是记不住这其中的一环又一环。据说你记不住的事物多半是因为你的心在阻抗。是的,我奇怪自己从未见过的神秘档案袋居然会把一个活生生的人的手脚捆绑,在你最渴望飞翔的年龄。这是一件残忍的事。后来,我终于在某一天报了一箭之仇,我把许多人为之羡慕的工作给辞了,辞得干净利索。

且说默不作声的鸿却那么轻而易举地去了又来了,似乎来去得像蝴蝶一般的轻盈。我似乎从默不作声的鸿的身上看到了某种比常人更超然的东西,但又说不清那是什么。

再一次见到鸿是在 2013 年,那已经是我离开岱山的二十几个年头了,当然对于鸿也是,是他回到岱山的二十几个年头了。

我参加"岱山杯"海洋文学大赛颁奖会。报到的那天,我远远地看到鸿和另外几个文友在酒店大堂门口签到,鸿的外形似乎没什么变化。我对鸿说,看到他我就会想起那个唱《洋葱》的杨宗纬,那样的一种忧郁,自言自语般,音域不算太宽,尾音带一点干枯和喑哑。

常听说一个人现在的样子中总是凝结着他以往的经历,那么又是怎样的经历为鸿刻下了这一抹忧郁的印记呢? 我有时喜欢琢磨那些被我姐姐称为无聊的事。我似乎有点想跟鸿聊聊,随即又打消了这样的念头,还是让我心目中的某个人物保持想象中的那副样子吧。也许我想象中的鸿与实际的鸿压根儿没有关系呢。

鸿见到我还是淡淡一笑,一袋资料还有岱山特产,有点重呢。我任由鸿把这些东西拎到电梯,送到房间的门口。其实那时我的手腕有点伤,似乎不能拎重一点点的东西,鸿像是具有穿透力般默契地为我做着这一切,我呢,心安理得地接受着。

后来我在鸿的博客中看到一段令我震惊的简短描述。看到这段文字的我几乎想马上拿起电话询问鸿关于他过去的种种,但我还是忍住了。

我似乎不忍再去找来重温那段文字, 还是让我用自己的语言叙述吧。

那是鸿很小很小的时候，那是一个刻骨铭心的早晨或午后，天色一定阴暗。鸿躲在床底下，捂着耳朵，随后他听到"砰"的一声巨响划过天空，那声音像是要穿过鸿小小的心脏。

这一声枪声过后，鸿没有了父亲。

然后那样的一种声音，一个场景似乎常常会在某个时刻出现在我的耳畔、眼前。

重返安静的岱山岛后，鸿恋爱、结婚、生女、工作，当然还有这些文友。于嘈杂间鸿也会有大声嚷嚷兴奋的时候吧。

我像是看到了鸿默默地在一座显得有点陈旧的坟头伫立。或者是一座刚刚搬迁的新坟。如果是旧的，鸿一定会拔去坟头的杂草；如果是新的，鸿又会怎么做呢？看看上下台阶，前后道路是否通畅，父亲移步时是否便利？

鸿回到岱山岛的几十年中，一直默默地在某个单位工作，一直做着普通的岗位。在文学圈，我想象中的鸿过得也很自在，他总是会写一些蒙着一丝淡淡忧郁的文字，把碎碎的家常，碎碎的温情，碎碎的人间烦忧一件件地道来抚平。他写得极其松弛，似乎没有特别高深的理想和奢望，也从不为发表、出版、名声之类的事所累。也许他只需那样的一种表达。至于对父亲的那种表达呢，鸿博客上少有笔墨提到，我也一直没有问过鸿更多关于他自己和关于他父亲的种种。

鸿，我想说，每一种人生都是对的人生，只要你选择你愿意你认为。

一个唯物主义者的病理报告

那是 2008 年吧，大概。千万别太依赖我对历史性回忆的准确性。因为，其实，我没有历史感。我只有生命过程中的无数个印象。那些光、色彩、形状、气味、声音留在印象中的痕迹。

我开着车头满是疲惫和灰尘的黑色桑塔纳 3000 去看静。我记得我的衣服是白色的，白色的中长棉衣，碎花的浅色棉围巾。锦绣路，浦建路，右转弯，下坡，浦东大道，我沿着静所在的方向勇往直前地前行。

那时，没有导航。出门前先生帮我在纸上画好地图。我把它放在挡风玻璃上。一路上，我对静充满无限想象。是的，最后一次见到静是在八年前。之后静在一个我陌生的神秘世界里待了八年。

其实，我在多年前一篇名为《静》的文章里已经写过静的那场历史性遭遇了。在这个光怪陆离的世界，每天都有很多事情发生。所以对静的变故我没有吃惊，也无所谓看法，因为所有的事实及其过程只有静自己知道。总之静出事了，要到那个许多人无法想象的地方去了，因为那些跟钱有关的事。

出来后静就在上海找好了工作，一个物业公司的管理岗位，工资 2500 元，提供吃住。这是静在电话里告诉我的。静电话里的声音还是像过去那样，平静、真切，怀着对这个世界无限的执着或者说是挚爱。

静站在阳光下等我，烈焰红唇。奇怪，我怎么会想到这样的词。静的红唇映衬着静出奇白的皮肤在阳光下显得特别的醒目。

我们坐在餐厅，对视着。在这沉默的瞬间，与静相识以来的那些黑白的斑驳的断断续续的回忆片段迅速地在我脑海里回放了一遍。

那一年寒假，我在老家的横街。冬日，我前面一百米处一个包着绿头巾的女子走动着，微弓着背，身影写着孤独，我禁不住大喊了一声：静。女子没有回头，像是根本没有听见。也许这只是我想象中的静。

那一年高考静落榜了。第二年静如愿考上了大学。那个夜晚，在静家里暗暗的后门，我们俩聊了很多。大笑的时候旧矮竹椅发出吱吱呀呀的声音。后来，我还睡在了静的家里。我想不起那晚我们聊什么了。只感觉静像是长长地舒了一口气。静坐的那个门角落像是随意扔着一个双宝素的盒子，其中一个像手指般的空瓶插着细小的塑料管子，滚在黑土的地面。

黑土地面是比水泥地更低一个级别的农家住房，是直接用泥土夯实的地面。当然，经过岁月的沉淀，它具有黝黑的包浆和质地。我在想，如果用锄头把地面开垦起来，那么家里就是一片绿油油的菜地了。

我像是听到静轻轻地吸着双宝素的声音，最后一吸小空瓶发出"吱"的一声。双宝素是当时珍贵的营养品，好像是用人参和蜂王浆组成。那时用脑过度的静大把脱发，她母亲买来了珍贵的双宝素。

最后一次去静的家里大概是 1998 年。静的新房宽敞明媚。尤其是晚上，水晶吊灯的暖光照下来，静新家的浅棕色皮沙发散发着特有的香味，它质地柔韧，微微发光，似低调又奢华。我们几个靠在沙发上聊天。也许是因为场面太温馨,我又一次忘记了我们谈话的内容。

我只记得静踩着毛茸茸的拖鞋在房间走来走去。地板结实,黄中带红,光亮照人。我想大概还照得见静的红唇白肤。着宝蓝色职业套装的静的影子在地板上晃动,像一幅朦胧的流动着的画面。静在我们白色的纸杯里添着纯净水。我想起了静母亲家的黑泥地房,以及那晚我们的聊天。

静坐在我的对面,我们互相注视着,像是要极力读出对方的变化来,或者是极力找回自己心中的那个对方来。一切的变化也许只存在于别人的眼里。

静显得比过去饱满了些,她脸色红润,言谈间依然流露出对生活真切的渴望。倒是我显得疲惫,神情中还有那么一丝玩世不恭。

静的美好肌肤似乎被粗劣的脂粉掩盖了。时隔八年,静从与世隔绝的地方晃晃悠悠地出来,多少有点怯怯,她是在用厚厚的脂粉抵抗着这个突奔而来的世界吗?

是的。静说,刚出来几天,她确实有点晃晃悠悠。她觉得太阳特别的刺眼,街上的声音很嘈杂,人群熙熙攘攘。她觉得像是人人都知道她是从那个世界出来的,她不敢抬头看人,不敢与人注视。

还有似乎一切都变了。男男女女说话的腔调,商店橱窗里衣服的款式,甚至天空的颜色,都变了。

静说她还有那么一丝恐惧,担心有谁忽然会把她逮住,带到那个噩梦般的时光里。

我把静带到商店,我想给她买一件大衣,快过年了。可是无论怎么试,无论我觉得有多合适,静总是摇头。

我知道静的摇头中包含的复杂意思：有不愿被施舍的抵抗和拒绝，更有一种欲说还休的怀旧和对失去奢华的追忆。

静最后说，不试了。让我找一件我的旧衣服给她。我似乎读出了静没有说出的那层含义：我宁可要你穿过的好的衣服。

静在我家的衣橱试穿着，当试到一件我珍藏的丝绸暗红薄丝棉大衣时静的脸上洋溢着红晕，似乎找回了过去时光的某种感觉。于是静穿着我的这件颇有喜庆感的大衣回家过年了。

春节后，静告诉我，她在宁波工作了，年薪十万。工厂在江南的一个小镇。静担任财务总监。静所有的会计从业资格都是新考的。身份证也是新的。总之，一切迹象显示了某种新生、向上的趋势。我像是看到了静暗红丝绸外套映衬下一张白里透红的脸，在早春的寒意中。

平日里，我和静会有一搭没一搭地在 QQ 闲聊。

我最近膝盖受损了——每天在办公室跳绳跳的。医生说，我这个年龄不能这样跳了。

还好，两周了，有好转。反正我老公会给我送饭来。

其实和以前也差不多，除了吃饭，睡觉，我几乎都在办公室。

不听音乐不看书不出游。是的，两点一线在办公室和临时住所之间。

今天到县城银行办贷款。哎，每周两次出门，走出厂门的时候似乎觉着了一点活气，该买点什么了。

韩国的那个叫"太口"的苏打饼干。哦，你还记得我爱吃苏打饼干啊。几乎不吃零食啦。在那里的八年把许多习惯清除了。奇怪，现在我再怎么想让它们回来，像过去那样哪怕饼干碎末咬得满床都是，最后把口水流在小说书上，就这样昏睡过去……但我找不回来了呀。别的同事电脑键盘上总会镶满瓜子壳、面包屑，我的只有灰尘、头皮屑，还有头发。对，最近老掉发。

你知道的，我的心病。八年了，好不容易回到家，那个八年前全新的家我只住了不到一个月。

对，就是那次你们来过以后。我为这个家几乎抵押了我的整个人生。

这次过年回去房子已经面目全非了。因多年不住人，停水停电，门口墙角结满蛛网。打开橱门，真皮的包包粘连，霉点斑斑。算了，不说了。

静在 QQ 叙说的时候我总是沉默，我只是用这样的方式倾听。或者我只是简单地想着：从静老家的黑泥地到静那个曾经光亮照人的地板房之间的距离。

我不想卖掉呀。人家说一定是我房子风水不好，但我不舍得卖掉呀。光是镶地板镶好掘掉就弄了好几回。我就是不允许我的家有一丝丝的不完美。

静说着。我像是听到静敲打键盘的声音。

你知道的呀，我的心病。儿子十岁到十八岁我没有管到过呀。他总算争气，考了电脑编程员，工资也拿到四五千了。但一套房子一两百万……我现在生活的全部意义就是为一套儿子的房子而努力。

我像是听着静的话又像是没听；我像是琢磨着静的话又像是没想。静的话句句对头，没有丝毫偏激过火。但我内心总有一种不同的声音，这个声音在静的清醒有力的理由中每每总是无力地缩回了。

那一年的夏，我在宁波的亲戚家，静拎着一箱水蜜桃来看我。我给亲戚的孩子做心理个案。我让静做我的临时助手。音乐响起，高中生的孩子进入状态，我默默观察着静，静无动于衷。静坚强地活在她的现实中。

其实这次来，静还有一个在市区的面试，薪酬高于小镇的那份工作。重要的是：静可以不为老板的循环往复的贷款而编造账目。可以不听老板不时发出的吼叫声。可是，第二天应聘公司就来电回绝了静。

我就是太真实了呀。

你难道说了那八年。

没有。那八年我说因个人原因无法奉告。

静坐在床边，穿着休闲的衣裤，又恢复了多年前的消瘦。静微笑时露出虎牙，嘴角两边有了明显的纹路。

好了。那么现在开始闭眼。跟你的过去道别。亲戚的孩子沉浸在音乐中。

静这个临时助手做得相当不到位，或者说静完全不在状态中。

那你说像这样做做有什么意思吗？没意思呀。静像是自言自语：我不信的，不信的。

又一年五月，海岛天空湛蓝，我的车子行驶到静老家弄堂外面的路口停下了，我和静约好在此相见。我把一个白色礼包和姐姐念的经卷给了静。静的母亲去世了。

奇怪，以前我一点也不信，不信有灵魂。现在我每天盼着夜晚，盼着在梦中遇到母亲。她会跟我说些什么。

小时候穿过的衣服要放好，不要受潮。还有那些考试卷、习题、书，有太阳的时候要晒一晒的。

有些事还得要听老天，人是扭不过天的。母亲这样对静说。

静说，其实，她一次也没有梦到过母亲，这些话是母亲生前对她说的。事实上，静确实从不做梦。静只有未完成的现实中的事，而没有所谓的梦。

就像在里面时，其实原定是十四年，这缩短的六年，三百六十五天乘以六的天数是我用日夜劳动的积分换来的呀。

我不要当老师，我宁可在食堂干活，因为干活分数高啊。

我听着静的叙说。

这些年我一直在梦着想着，非非着，飞着，不管年龄有多大，境况有多变。我在没有疆界的所谓心灵自由之路越奔越远。渐渐地我有点淡忘了殷殷切切指指点点对静的思念和本能的担忧。

我想，这世上一切的一切究竟谁对谁错，谁能说得清呢？我要把彻底唯物的静拉回到我的唯心的怀疑的模糊的什么主义的主义，这样真的好吗？况且我真拉得回静吗？这以后我开始放下静，任由静在自己认定的轨迹上狂奔或缓缓行走。我不也是如此这般行走着吗？

2015 年的某一天，我无意中在静的 QQ 签名上看到几个令我担忧的字眼。我拨了电话过去，静平静清晰地向我叙述了她这几年的生活。严重的忧郁症让她不能正常工作。好在爱吼叫的老板还是收留了她，她可以在办公室或回宿舍休息，工资减半。因服抗抑郁药物,静的体重又恢复到那年我们在上海见面的样子。

静还给我看了一张病理报告:脑部有一个小阴影。医生建议手术,静坚持要 Σ 刀,因为静想一直清醒着活下去。

从照片看静依然如故。

从 2008 年到 2016 年,时间过去了八年。我像是看到了某部影片中故事中间或结尾银幕上传来的咔嚓咔嚓的打字声,上面留下那一排清晰又模糊的字迹。

我行我在

——写在白青青摄影集后的碎语

1988 年,准确地说青青属于后八〇后。青青的身上有着明显的后八〇后的痕迹:随性、率性、洒脱、伶俐、短发、红唇、爱笑。笑起来露出洁白的牙。

关于青青,不提一下她喝酒似乎有点不够完美。青青有酒量,但重要的不是酒量,是青青喝酒时的那股豪迈气概,那种一饮而尽,痛快淋漓的感觉。

关于青青的传奇故事很多……

酒后的青青爬到车顶载歌载舞,不小心摔地,扭伤了脚。

为接远道而来的闺蜜,青青匆匆转身,鼻子撞在门上,一抹殷红的血。

酒后的青青,追着一条狗跑了很久,拉着狗的手,说我们是朋友。

在那样的时候,你会相信另一个青青或许是醒着的吗?拉上在一旁独自玩手机的朋友合唱;耐心地寻找歌单,为友人点上喜爱的歌;见有两人单独长聊,把他们掰开,推到人群中。青青就是这样在众乐乐的场景中把控着她作为资深玩家的格局。

青青唱着《听海》,神情落寞,视线落在远处,近乎虚幻,那样的时候是另一个青青醒来的时候。也许,在青青的耳畔还会有海浪拍打礁石的声音。

现在,青青要出摄影作品集了,这消息令人兴奋。作为年轻企业家的后八〇后的青青是多维的,多彩的。赤橙黄绿青蓝紫,属于青青的色域是丰富而兼容的。青青不可能只属于一种颜色。我一点不担心青青作品集的独特丰富和个性,因为那种独特丰富和个性是来自青青骨子里的,是任何的技巧和娴熟所不能替代的。属于青青的视角是独一无二的。

好吧,追溯下青青孤独而自由的童年。出生于瓯江边的青青,从小父母外出经商,青青的童年是在奶奶的膝下长大的。远离父母的青青是不会缺乏想象力的,在青青的意念中,可以有一万个与父母欢聚的美妙场景,高高叠起的蛋糕,酒,美食,欢乐,笑声。青青就是在一遍遍这样的幻想中慢慢长大的。

终于有一天,青青实现了她童年时就设计好的流浪的故事。

大学毕业后的青青来到海阔天空的舟山,在那里建立了自己的事业,拥有了一群和青青一样率性而真诚的朋友。

浪迹天涯,是关于青青的人生理想吗?

青青望着海面,看到了另一个比海更遥远的地方。

青青的旅途是关于一个人的孤独的旅途。

对于喜欢结伴出行的我来说,似乎有点担心,担心一个人的青青的孤独。

哈哈哈哈。青青大笑。

其实,每次在青年旅行社我都会遇见来自全国各地的驴友。我们一起徒步,喝酒,朝圣,拥抱,告别,还有向着尘土飞扬的山路上疾驶而来的吉普招手。一拨又一拨频道相通的人群总是那么容易聚首,有时甚至只需一个眼神,一种手势。

也是,你没有想过和海边的朋友们一起出行吗?

青青沉默了片刻，眼神有点虚幻，像是看到了前方无限的可能性。

对，就这样一个人旅行，一个人无限想象，然后回归，回到熟悉而安全的海与港湾。

我随手翻着青青的微信。满目浓浓的蓝，浓浓的红，浓浓的情怀，浓得化不开，浓得只想醉倒在比烈酒更醇厚的那片西域的净土里。

说到色达这个地方，青青说，去过那里，像是有了瘾，总会想起，惦记，那样的色彩刻在记忆里，无法抹去。那样的海拔似乎能让人踮起脚尖把手伸向广袤的宇宙。

还是摘下青青美好的西域记忆吧：

成都走街串巷的担担面，用一种铜锅隔两格，一格煮面，一格炖鸡或炖蹄髈，好吃到泪流满面。（青青手舞足蹈）

高原刚下，这节奏横竖就是醉。（青青见到了酒吧）

发呆，喝茶，调酒，真心话，大冒险，时光静好，岁月如洗。（安静的青青）

嘀嗒，嘀嗒嘀，足足下了一夜的冷雨，昨夜宿马尔康的迦陵青旅，老板是一对来自山东的年轻夫妻，非常暖心，东北菜也烧得很好吃，预计下午可以到色达了。（青青理性的叙述）

青青拍下了在成都那个叫村柴房的饭店桌上驴友们的留言：

谢谢所有不期而遇的朋友，感恩机遇。青青。风哥。大雄。我改签六次了。

四千米海拔，劳累过度加淋雨，分分秒秒都要昏倒。来啊，喝完这些还有那些，来啊，互相毁灭。**Tomorrow is another day.**（这是

属于青青的语言）

与灵魂做伴,让时间对峙荒凉,无关其他。(青青的议论)

我愿跋山涉水,磕遍万川,转经颂梵,以换得一颗自由纯净的心灵。这一日我也虔诚地匍匐在色达坛城的大殿前,一遍遍磕着长头。(青青虔诚地长跪在殿前)

一到色达,就赶到天葬台,感受那一份最尊贵的布施。天葬核心是灵魂不灭和轮回往复,死亡只是不灭的灵魂与陈旧的躯体的分离,拿死者来喂食胡兀鹫,是最尊贵的布施,站在栏杆外面看着鹫啄着死者的肉体,心里又崇敬又畏惧。(青青目睹一场生命轮回的实况)

繁花错落有序,最吸引我的莫过于盛开在高原上的格桑花,它们美丽却不娇艳,不畏严寒风霜。格桑在藏语里是"美好时光"或"幸福"的意思,因此格桑花也叫幸福花,我要送你一朵格桑花。(青青的描述)

更阑夜深,水痕荡漾波澜不惊的梵音,走在这天荒地老的圣僧,明灯凝视着天长地久的碧蓝,漂流在古老的沧桑,这是最接近灵魂战车的地方。我站在玄幻的云影,透过刻着永恒的染彩时光,瞭望这星空亿万燃变的斑衣狂澜,尘世的斗转星移滚滚路的精彩纷呈,路南来北回往,何惧烈火涂炭的岸。(青青的文采)

想念在西藏的时光,日日流离在那片迷人的雪域,每每到火烧云的傍晚,就拖着一双人字拖,塞上一副耳机,拎着一瓶啤酒,整一个不食人间烟火的姿态,不痛不痒地晃荡在拉萨街头,如此随意而美好。(闲来的青青又想起了西域)

当我看着这满山遍野的鸽笼般的小红房时,整颗心都被撼动了。有人曾说,这恐怕是地球上最后一片净土了,他们终日只做一件事,那便是修行,喇嘛与觉姆以最虔诚最圣洁的方式追

寻,探索,领悟人生的真谛与永恒来超脱轮回,入于涅槃。(这是另一个青青在说话)

　　我忽然觉得在青青真实生动的文字和图片面前,任何的想象都显得苍白无力。还是再看一遍青青为我们带来的这个美好而纯净的世界吧。

你好，我叫"梵高"

很多年前，他在这座城市某个高楼的旋转餐厅。对，他以给用餐的人们画头像速写为生。只要我们去那里，总能遇见他。直到后来我们像这座城市里许多的人们那样习惯于发现新的餐馆新的食物，慢慢地也就不再光顾那个旧餐厅了。

那时我暗地里称他"梵高"，有时则改称"流浪艺术家"。虽然没有丝毫贬义，但除了那点神秘感外，心里隐约藏有那么一种对其"摇摆"的人生的莫名的担忧和同情。虽然这种担忧和同情像是来得没有理由。是因为那一头长而微卷的头发，倔强的胡须？还是那一高一低的灯芯绒裤脚，或是总不更换的高级灰的毛衣？抑或是那一脸茫然的神情？灯光下缓缓移动着的孤独的背影？

记得那天我和女儿坐在旋转餐厅，也是一个烟雾蒙蒙的午后。一种低沉而有力的声音传入我的耳朵：你好，这是我的名片。对，就是那个"梵高"。他的身体仿佛随着餐厅一起旋转，他把他唯一的一张名片递给每位刚刚落座的新顾客。画一张头像速写二十元。名片像连环画那么大，有微红的晨曦般的颜色，被塑封过，名片上只有简单的几行自我介绍，最后落款是：你的朋友，某某某。约莫过了两三分钟，他又会走过来，脚踩在地毯上，悄无声息地拿走放在你面前的名片。然后在另一个桌上又悄悄响起低沉而有力的声音：你好，这是我的名片。

那个独坐的男子对着一杯飘着嫩叶的茶杯，恹恹地别过头去。"梵高"像是没看见似的继续前行。

你好,这是我的名片。

他的速写线条恣意,充满个性,让我想到克里姆特的作品。记得他曾给女儿画过一张的。那时女儿还小,说,妈妈,不像我。我说,等你长大了就会像的。

傍晚的地铁口,人潮如涌。背影与背影相叠,在灯光下的墙头堆积出一个个疲惫而流动的影子。在地铁长长的过道或许你难得再见过去年月那些裙裾飘飘悠闲踱步的背影,一袭牛仔、T恤是地铁上的主打风景,脚步风风火火,色彩如车厢里分众传媒屏幕上鲜艳诱人的快餐广告。不知怎么,我有点怀念庞德的那首《在地铁站》:人群中这些面孔幽灵般显现,湿漉漉的黑枝条上朵朵花瓣。

在地铁的转角,我看到一个全身涂成古铜色的着长衫的二胡演奏者,琴声悠扬仿佛飘落在过去年月的某个地方,比如:那个"梵高"的速写本上。我脑海中的"梵高"像是极度的苍老疲惫,他面露土色,神情迷茫而悲凉。是的,我想象中像"梵高"这样的流浪艺术家远离主流艺术圈,另类,别扭,用脆弱的肉身触碰着生存的底线,在这个城市的地铁、公园、街角像鸟儿一样随处栖息。或许你也刚刚从一场马拉松式的谈判桌上撤离,那样的疲惫而又匆匆。你甚至来不及弯下腰或不屑于弯下腰,你远远地丢下几枚硬币,某个金属或陶瓷的器皿发出叮咚的声音。你像是要从这叮咚声中找回自己平庸的生活中找不到的那点回声。你边走边想象着他们堪忧的前景,你的心头掠过一丝凄凉,一种隐约的担忧。你想象着他们像风一般摇摆的人生。那样的时刻,你以一种仿佛最慈悲最闲适的神情想着他们,或许同时还优越着内心的那个小自己。不是吗?

很多年以后的某一天，对，就在刚刚来到的 2015 年的新春，一切像是欣欣然地睁开了眼。在一个瑜伽馆举办的主题晚会上我意外地遇见了闪闪发光的"梵高"。是的，我印象中像冬日的雾霾天一般暗淡的"梵高"居然像苏醒的春日般出现在我面前。他朗诵着郭沫若的那首《天上的街市》：远远的街灯明了，好像闪着无数的明星。天上的明星现了，好像点着无数的街灯。我想那缥缈的空中，定然有美丽的街市。……我坐在他的边上得以看清他：他脸色红润，并不像我想象的那样憔悴邋遢；他的眼睛清澈，闪着光亮；神态清明又柔软，似不见我想象中的迷茫。一切迹象显示他很正常。

　　我和他聊了起来。其实这些年他差不多还是这样过着的。除了他的头像速写从旋转餐厅转移到文人雅集外，一切都还是原来的样子。我说我真佩服你的勤奋，他说他只是因为止不住的喜欢而画。他说有一次发烧在床头看到墙体因漏水而产生的水痕，一匹意象的马向他奔跑而来，他支撑着病体拿起了床头的速写本。

　　他叙述着，一路感谢着许多人。他说："我能有今天要感谢……"我知道"我能有今天"和"我能活到今天"是大不一样的。我明白，他在肯定着什么。这种肯定不像某些名片的定语那样的空洞虚假，看得出他是由衷地欣赏着自己。

　　不知怎么地，我还想起了一个被朋友圈戏称为似梦非梦的朋友。说她似梦非梦是指她糊涂。糊涂的依据是她辞去了别人为之羡慕的职业。听说她后来开了花店，也有人说她开创了一个花香能量心理工作坊，这些也许都不重要。最重要的是我遇见了也像春日的"梵高"般生机勃勃的她。她眼角的皱纹像是岁月赐予她的最美丽的绸缎折叠成的花朵。她站在那里，笑容融化在阳光里。

我还想起了一对老人，我的老师和师母。在我的印象中几十年来他们俩一直保持着那样一种纯纯的微笑。那天我和同学去拜访他们，老师和师母无意中聊起"五七干校"那时候的事。对过去年代的那些荒唐和劫难，他们没有抱怨，没有愤怒，也没有空洞的点评，只是在静静的叙述中让我感受到一种宽容和反思的力量。

某一天，我整理着杂物，想丢弃一点什么，比如抽屉里这一大堆名片。名片里的头衔像超市散装的黄豆般露出大大小小的脑袋，却也没有让我觉得印象深刻的。但我像是记得另一些名片，譬如，那些表情生动的面容，那些自由的、阳光的、单纯的微笑。譬如"梵高"和像"梵高"一样的在生命旅程中孤独又自由地穿行着的流浪艺术家们。我像是听到那一声低沉而有力的声音：你好，这是我的名片。

柔直电流与海义

与海义认识于八十年代。具体何年何月何时何地,这些都记不清了。海义哥哥休怪我也。一来我记性不好,二来是海义哥哥自身的模糊性所致。海义哥哥是那种站在人群中不远不近的地方,温和地假装傻傻地微笑着的人。海义哥哥的微笑其实是相当能打动人的,理由之一是凡是认识海义哥哥的人都会加上一句:他人很好(怎么没人这样说我)。

海义哥哥看起来面色红润,气色极好,那神态像是每时每刻都在提醒别人:他活得很好,很知足。这样的一种神情对于我等这般一天中总要来几次阴晴圆缺的人只能傻傻地羡慕,流口水。

海义哥哥微笑时总是眼里含光,带电,再加上他的工作单位是中国电网岱山分公司, 这么几个意象合在一起就让我感觉海义哥哥相当具有正能量——给力、发光、发热。

传说中当年岱山的文友们经常去海义工作的一万二电厂宿舍玩,在他家蹭饭、聊天、读诗、做梦。写到这里忽然心生羡意,想想有这么一群文友从青年到后青年、中年总能隔三岔五混在一起,几十年如一日,其亲密程度仅次于家人老婆孩子,怎不让人羡哉! 当然有时文友有重要活动,老婆孩子也得退避三舍。

这……侬做啥起啦。有……有事体,省城某大编辑来了,要……要去接风。说话的不管是海义、国平,还是别的什么人,那个口气貌似结巴,其内在则是底气十足。抱孩子的那个轻轻哼了一声:有种你别回家。恨恨幽幽地别过头去,待那人急吼吼跑远,却又转头深情地回望一眼那个诗情画意的小伙子湿漉漉的后颈。你说说看,八十年代还有比文学青年更牛的吗?

那么海义哥哥这文学青年一当就是几十年了,大有一直当下去的意思。当然啦,海义哥哥的诗集也出了好几本,大大小小的报纸杂志也发了很多。

那时我想,海义哥哥在单位一定很空,约莫上班端起玻璃茶杯,茶叶碧绿,嫩叶尖朝上,喝一口茶看一眼报,喝一口茶看一眼报;再不然就从抽屉里抽出舒婷、北岛、顾城、艾略特、惠特曼之类书看呀默读呀,手里拿着钢笔在小本子上涂涂改改,改改涂涂;下班一脚登上自行车边骑边念着刚刚写完的诗,眼睛发光,志向高远。可不是吗?

那一次我参加岱山作协举办的"媒体、作家进电力活动",第一次走近久闻了 N 年的海义哥哥工作的那个陌生又熟悉的地方。

午饭后我们参观了国家电网岱山分公司的一个工作平台,在一个约两百平方米的大空间里,排列着许多电脑、设备、按钮,前面的大屏幕正在播放岱山电力的发展史。海义哥哥指着靠后一排的其中一个位置说,这个就是我的工作岗位。海义哥哥操作平台控制着岛上各路民用和工业用电的输出终端。

紧急时要用这个按钮,海义哥哥指着一个按钮说。

总之,海义哥哥的工作岗位跟我想象的完全不一样。不要说平时,就是节假日双休日还得要值班轮班的。

那么一个问题产生了:海义哥哥几十年如一日做着一线岗位的工作,他这么多本诗集又是在什么时间写出来的? 是怎样的一种环境使得海义哥哥这样一个文学青年的梦一直延续了这么长这么久?

请允许我再想入非非一下:那时海义哥哥毛小子一个,在电厂做着操作工,工作时总是满头大汗,任劳任怨。后来海义哥哥结婚了,有了女儿,担起了养家糊口的责任。偶尔写诗写得兴奋了也会有走神的时候。假如当时电厂小头头见了大吼一声,海义哥哥的诗一定会被打得落花流水,海义哥哥写诗的斗志一定会大受其挫,节节溃退,直至偃旗息鼓。想想当年有多少文学青年,现在坚持下来的能有几个? 何况,海义哥哥平时总会参加些这活动那活动的, 于是战战兢兢去请假, 这这这……次数有点多了呀,但是人家领导总是一副体恤的样子,每每总是说,你安排好工作,该调班的调班,该提前完成的提前完成,去吧。于是,这么多年了一届届领导过来,海义哥哥修炼成了一个十足的诗人。说不定还有个把知音者更是猛地一拍海义哥哥的肩,兄弟,去吧,代我去看看外面的世界,回来一起谈诗论酒。于是海义哥哥心情大好出得门去,一路把好心情洒到别处,带给了更多的人。也许是因为这样一种好心情,海义哥哥从此爱上了旅游,爱上了收集地图,爱上了一边行走一边看景,一边联想一边写诗。

我们参观了一万二电厂旧址。一座高耸的大楼,想必它的高度曾经是岱山的骄傲了,如今则是一种接近废墟般的存在;玻璃窗一个个地,碎着,半碎着;一棵大树在楼前挺立着,只看我们不说话。想象着海义哥哥当年一定爬过那树,吟诗做梦,然后踏着铃声,拿着搪瓷饭碗叮叮咚咚地走向食堂、厂区。我想多了。我不得不承认我骨子里有点颓废,每每见了旧的破的就新生欢喜。忍不住的拍照留念。

想想曾经的海义哥哥,那个眼睛闪着光亮的小伙在这个小岛做着给人们送去光明和温暖这样一件了不起的事;而做着这样一件了不起事的人并不意味着要春蚕到死丝方尽。海义哥哥你好样的,你活泼泼的生命没有成为机器,成为螺丝钉或成为别的什么,你成了一个诗人。

看了很多关于电力人的发明和专利,然而愚笨如我,介绍来介绍去还是没听懂,耳边只留下一个我感兴趣的词:柔直电流。查了查百度,如是说:

与基于相控换相技术的电流源换流器型高压直流输电不同,柔性直流输电中的换流器为电压源换流器(VSC),其最大的特点在于采用了可关断器件(通常为 IGBT)和高频调制技术。通过调节换流器出口电压的幅值和与系统电压之间的功角差,可以独立地控制输出的有功功率和无功功率。这样,通过对两端换流站的控制,就可以实现两个交流网络之间有功功率的相互传送,同时两端换流站还可以独立调节各自所吸收或发出的无功功率,从而对所联的交流系统给予无功支撑。

我表示没有看懂,但请允许我稍稍意会一下:柔直电流就是一种最具有亲和力和新思想的电流,它互通,兼容,可变,收放自如,它具有现代意识。

这样一说,这个来无踪去无影的电似乎变得灵动起来,感觉他就像一个自由宽容灵性的人,像鱼一般地游走。呵呵,海义哥哥我这样说你同意否?

此刻,海义哥哥已经睡去,在陪同了我们一天的参观和无厘头的提问后(主要是像我这样的弱智者),在哥们茶吧闲聊的时候,在瓜子声咳咳咳的响动中,在众人大声嚷嚷喧哗声中海义哥哥睡着了。海义哥哥极其疲惫,但他的脸色依旧红润有光泽,因为他的后面强大的支持系统,也像柔直电流般地深入人心。

大先生

那天,我见鲁迅从杜尚的旋转楼梯下来。

大先生,你可好?你现在还像以前那样激愤吗?

激愤?呵呵,哼哼。哈哈。

大先生,真是对不住哦,我忽然想写你了。可是我居然忘了带你的全集。我总要把你的全集再拿出来温上一温吧。诸如温两碗酒要一碟茴香豆;温一壶酒要两碟茴香豆。

记得那个踌躇不已的孔乙己是穿长衫的,你不是,你是穿牛仔的,白衬衫牛仔裤。听说最近有一部话剧把你从睡梦中摇醒,让你穿上了牛仔裤。

抖落棺木中的尘埃,先生你居然爽快地穿上了。别人都很吃惊,只是我没有。这套衣服像是百年前就为你准备好了的,就这么随意地往地板上一扔。

大先生,我看见你的两撇小胡子动了一下或者两下,额头有一些光亮,嘴唇微红。我知道你依然是鲜活的。你头脑里跳跃的那些东西依然是鲜活的,鲜活成一缕火焰滚动着跃向天空去。

我似乎进入了你《野草》里的情景,可是,大先生,我居然一句也想不起来了。那些晦涩的荒芜的野草,乌云密布的天空,拾荒的妇人,有这么回事吗?那时候大先生你仿佛只是一个画外音。中学语文课本教辅书常常这么写:在那白色恐怖时期,鲁迅先生不畏强暴，勇敢地与黑暗的现实做最后的抗争……大先生,那天你刚洗完澡,穿上白衬衫,点上烟,就看到了那样的文字,我用手遮挡了一下,书页滑落。我是不想让你看见别人眼里的另一个你。

许广平端着牛奶走过来了。她穿的是格子的旗袍,单眼皮,目光单纯。

那时候的大先生或许是最温和松弛的,因为有爱吗!

爱? 哈哈哈哈。

先生桌边的杯子冒着热气。

大先生我忽然想起一个问题：我觉得你最爱的那个人是他——海婴。

哈哈哈哈。

海婴,婴儿般的名字,海一样的慈祥。我看见大先生抱着海婴,用鼻尖吻着海婴的脑袋,他头发里有汗味和奶香。

不,大先生,我只是记起了你的类似遗嘱的文字。请原谅我稍稍篡改一下你的遗嘱。我不是故意的。你是说,海婴以后就做一个简简单单谋生的活,就这么安安稳稳地过日子。

大先生,我认为这句话是你爱他的全部。

那么爱就是盼望着他(她)平庸而安全。

全部? 盼望? 你从湿漉漉的海里伸出一只手。你瞟看了时间一眼。

冒着严寒,我回到了阔别二十年的故乡。啊,故乡,我的心不禁悲凉起来。

大先生,那是世纪末的冬天,我也有点悲凉。只是不知为何,那时常常在心里默念你《故乡》开头的那句。

总有一些文字被错过,一些新的文字被遇见。大先生,记得你也莫名其妙地篡改过文字哦,好像还自造了一个文字。也许你只是对仓颉有一点点小妒忌。我知道你内心狂野。

悲凉什么呢?你问。

悲凉什么呢?我问。

杨二嫂有点小气,闰土有点颓废,可气的是闰土儿子的那种怯怯的眼神。不该不该啊,你说着激动起来了。他国孩子照片的眼神都是那么自我地看着万物,像是万物皆为其所生,而闰土的儿子们呢?

你停住了。你习惯在我不太明白的时候戛然而止。

大先生,那一次你纵身一跃从一块岩石上跳下,你的青春活力就在那纵身一跃的瞬间消失。然而连老天都看不惯你激情洋溢的样子,就这么一跳,你的腿莫名其妙地断了。那以后你索性败在了被你称为小刺猬的那个人手里。你捏着烟,总是一副皱眉深思的样子,像是全世界等着你去打理而你又哀其不幸,怒其不争。离开文字之外的你的目光慵懒萎靡,象揉皱了的棉布白衬衫。

苍老了的大先生,在那座围墙之间,在门扉内深色的镜框内深深地阅读了一遍自己。

书声琅琅,不绝于耳。

你看到百草园里人潮涌动,带着红色旅游帽的人们游走于草木间。那些草木比儿时的鲜艳了不少,枝蔓旁逸,一副自由散漫的样子。迅哥儿,有人摸了一下你的小辫。你没有吭声。迅哥儿。迅哥儿。你一溜烟似的跑了。你的身后是咔嚓咔嚓的拍照声。

迅哥迅哥,先生叫你呢,先生叫你呢。你这才走进私塾,摇头晃脑地背起书来。

那天你从路上走过,看到游行的队伍了。一个阿Q模样的人被绑着喊着。他喊得一点不悲壮,他其实是在唱着,像是平生第一回被关注,被你被许多看客关注,他这是兴奋了吧。少年的你像是有点懵懂有点燥热,有点……你停住了脚步,你不再跟随,你只是远远地看着,看着阿Q的背影在起伏着,他的手在舞蹈着,一直舞到路的尽头。

吴妈没来,祥林嫂的目光越发地呆滞了。阿Q最后一眼回头看到的是带着疑惑和不祥之兆的迅哥儿的眼神。罢了罢了这些鸟男女。

众人作鸟兽散。

咔嚓咔嚓,你或许也能给别人来点解剖什么的。

看客们说,解剖什么都行,我们都爱看。

那段时间你总是骂人,午后的结核病的潮热让你总想骂人,落水狗呀,痛打啊。当然也有另一种声音,那是一种悲愤的长叹。那些牺牲了的青年的血溅在你的鞋带上,某某家孩子吃着红血馒头,不停地咳着。

我家的后院有两棵树,一棵是枣树,另一棵也是枣树。

时光流逝,青年的血变成一面旗子,旗子飘扬到了你的头顶。

他的名字叫作红。很多的声音传来。

你的脸膛被映照得分外鲜艳。这鲜艳不是结核病的亢奋而是真实的红的内容。

大先生啊,可是我看出来了,你的眼神有点怯怯。

有一个坊间传闻说,有人让大先生你上前线,大先生你面露怯意说我本一介书生。我只想压低声音对你说：这个我也怕啊。

大先生，有一个叫陈丹青的说，你那张脸那么横眉冷对地一摆，最是上得了世界性的台面了。这让我不禁想起了现在流行的"颜值"一词。

我家的后院有两棵树，一棵是枣树，另一棵也是枣树。

歌　者

　　无意中，在旧友的博客上看到一张合影。一群意气风发的文学青年随意率性地坐在一堆棕红色的渔网上，后面是一条很大的渔船。因为是近景，所以看不到海。但我却愿意将画面展开。湛蓝开阔的天空一望无际，海天接连处，泥沙与海水融合着的海浪相拥而来，时而缓和，时而急促，和着海的韵律和节拍。空气中弥漫着若隐若现的咸涩的海的味道，渔船马达的鸣声将渔港的繁忙景象渲染得恰到好处。当然，我也愿意想象有海鸥从空中翩然而至。

　　照片的背景是暖色的。淡黄的渔船，鹅黄的浮子，以及想象中踏实而又稳重的土黄色的海浪。十一位文友穿的牛仔裤看起来跟现在差别不大，上着西服，中山装，夹克衫。一位军绿色，一位棕色，三位蓝色，六位浅灰色，按现在的审美也还顺眼。前排左起：我、王建达、郑复友、陈锟、文联的何老师，还有一个叫不出名字。后排左起虞国庆，还有两位叫不出名字，朱涛、黄立宇。

　　我边上的王建达侧着身，头转向一边，看着远方，很自信的样子。郑复友则将手背在脖后，头略弯，显不羁相。中间的陈锟瘦削的脸，微眯着眼，嘴微撅，似乎对一切都不以为然，包括自己或拍照者。他的左边是以写农民诗见长的文联的何老师，何老师的脸侧向右边，嘴角上扬，露出朴实纯真的微笑，尽显农民诗人本色。前排最左军绿上装的那个帅哥衣服现在看很前卫，神情更前卫,微眯着眼,左嘴角上扬三十度,左脸颊露出深深的酒窝。后排左起虞国庆,戴着黑框眼镜,下巴留着一撮小胡子,神情恬静。左边还有两个,一个貌似性情温和地微笑着,还有一个恬淡哥眼神在看别处。表情最夸张的是朱涛,微侧着脸,嘴厚厚地撅起,几乎提升到鼻尖,似在表达强烈的情绪。后排最左的黄立宇抬着头一副意气风发的样子。

其实,照片上多数是定海海边文学社的成员,来自岱山的也就是我、朱涛、郑复友。但这张照片似乎更能表达我心目中岱山文学青年的样子。照片大约照于 1985 年,从着装看也许是五月或十月。

二十世纪八十年代我毕业后分配在岱山酒坊中学。在那个与世隔绝的磨心山脚下,我的心渐渐归于宁静。后来应约参加岱山诗友的活动,渐渐地与他们成了朋友。

让我从记忆中搜寻一下他们的名字:朱涛、李国平、郑复友、李越、孙海义、陆雄、周波……应该还有很多。他们在我心里更多的是一个群体的形象——一群人,一种声音。他们是一群奔跑着的热烈而又纯粹的生命的歌者,心像海一般的开阔,自由,奔放、热情、忧伤……《群岛》诗社差不多在那个时候成立,我喜欢群岛这个名字。

我说过,我没有历史感。我的生命词典里没有重大事件。生命中那些别人看来重要的环节诸如环境的更换,工作的变迁,或者某个重要的场景,都会被我一一删去,折成片段。我只记得一个眼神,一种气息,一种感觉。具象渐渐朦胧成断断续续的印象,像午后海面跳跃的波光。当我想起以前一起“奋斗”的岱山文学青年们,我的眼前就会呈现一种明丽生动热烈跳动着的画面。

记得那一次,不知谁发了兴,我们从高亭出发到我工作的酒坊中学玩。那时，汽车还是一种很稀奇的东西，那天不知从哪里借来了一辆小面包车，还有人帮开车。估计只有 **4-5** 个座位吧，我们坐了 **7-8** 个人。几个人坐在另外几个人的膝盖上。车子从高亭出发，途径闸口、浪激嘴、石马岙、枫树、酒坊。出发时，夕阳刚刚洒在海港上，海面上波光粼粼，许多渔船停靠在岸边。那景色与莫奈笔下的印象海面何其相似。快到酒坊时太阳下山了，山脚下很安静，只有不时传来的几声鸟叫声。正是暮春时节吧，桃树、梨树在山坡上次第开放。我还更愿意把梨树想象成现在我在这个城市经常看到的樱花，白中透出淡淡的粉，有点伤春的意味。一排排墨绿色的部队营房夹杂在树丛间。我们学校就坐落在这样一个宁静美丽的地方，以至于成了我一生中难以抹去的一道最夺目的色块。

话说，正当我们几个人闲聊时，其中似有一人与周围热烈欢快的气氛格格不入。只见这位仁兄把脸转向窗外，沉思着。我们都不去打搅他。我们都是一群"不正常"的人。为一句诗千锤百炼弄得郁郁寡欢似乎很正常。刚才出发时面对夕阳下的渔港出神的一定是群岛（郑复友），他的诗风貌似聂鲁达及郭小川的铺陈和长调，一唱三咏，气势磅礴，又像是歌手莱昂纳德·科恩 *"I'm Your Man"* 似的游吟。可惜我没有找到群岛早期的诗。以下几句不知是什么时期写的，聊表怀念：看哪 / 我的兄弟 / 大陆已经起锚 / 森林无边无际地张开，瀑布倾泻 / 跃过悬崖，江河穿过绝望的峡谷 / 母亲宽大的衣襟拂过旷野上的秋天。

而朱涛的诗则是另一种意境：四月多雨 / 我坐在后花园里 / 清洗自己 / 直至被蛙声 / 绊倒 / 相对于惊艳的牡丹 / 我的根显得过于凋敝 / 唯一能拼的只有她们的寿命 / 熬呗 / 石桌上的瓦罐轻松搅拌她的草药 / 潮生两岸 / 我竟原谅了我的情敌。字里行间还依稀可辨从前的韵味。令我想起歌者麦斯·米兰的"*Dying*",用我自己的话说:有一种声音叫颓废/美得不可思议。朱涛有时会把他新写的诗念给我听,至今还记得他念诗的神情,非常陶醉的样子。

夜晚,微醺的我们躺在学校的操场上就着星空开起了露天诗会,说是操场,其实就是一个长满杂草的大草坪。大家感情充沛地念着自己写的诗。谈论着萨特,谈论着尼采,谈论着顾城、舒婷、北岛。《群岛》第一期就在这样的氛围中诞生了。或许是我虚构,但我更愿意把它想象成这个样子。

听说海浪在夜深时会出现海粼光,我一直觉得好奇。有一个夜晚我们守在海滩上,等待它的出现。此时,海显得异常的温和,海浪有节奏地拍打着海岸,似在风平浪静中酝酿着一场惊艳。我们坐在礁石上聊天。大约过了很久,夜也似乎更深了,忽见一道粼光夹着黑色的海浪缓缓地向我们涌来。那光像是海的眼眸,悠悠地闪烁着,稍纵即逝。蓦然回首的那一刹那,海、天、人已经合为一体了,我们都喜极而泣。是的,万物与我本没有分别。在一阵兴奋中我禁不住双手合十,闭上了眼睛。海的原形见过一次就已足够,我愿意把它看成是海的灵魂。仿佛只有在最黑暗,最静谧的时候,海才向我们显露它的神秘,它的灵性。

之后在江南,见过轻柔的小河,端庄的运河,还有海宁盐官名闻遐迩的潮水,会有所感,会有触动,但都没有大海带给我的这样一种撞击灵魂的体验。马斯洛称之为"高峰体验"。

是的,大海带给我们源源不断的灵感。我们写了很多关于海的诗。我还记得我从早期迷恋舒婷到后来热衷北岛,写了一首《我的岛》:多少个不朽的世纪过去了/月亮不曾沉入海底/历史与太阳的影子一起移动……等我一下/等我一下/等我一下/我的岛／我挽留的礁石堆积成你／为的是／在这样的夜晚／惩罚自己……就这样／经过无数次痛苦的选择／我终于明白了／不朽的海改变不了你我／我的岛／我要背着你巨大的礁石沉沦。我的岛即是我心中理想的境界，在变幻的潮流中，"我"选择了与它一起沉入"大海"或融入"大海"。一种身不由己的选择同时也是一种甘心情愿的选择，一种价值观的重新建构。

和许多群岛的诗人那样，李越的诗中随处可拾海的元素：诸如"铁锚和缆绳、滩涂上荒凉的风、褐色的布帆、活泼的弹涂鱼、海浪的呼啸"等等，他更是透过生命中琐碎、平常而又独特的细节及场景，无时不显示其普希金式的浪漫情怀及崇尚自由与理想的生命的本质：而我的灵魂如此轻逸／白天它是沉睡、麻木的／夜晚便突然苏醒／从肉体中挣脱／飘向浩瀚的星空／在诗和艺术的世界中翱翔／雷电的轰鸣！大海的歌唱／挂满宝石的彩虹的竖琴／它鄙视尘世的一切负累／礼赞至高的自由和荣耀《感兴之三》。诗已融入他的生命。记得有一次出差到嘉兴，在一起喝茶的空隙他会拿出随身携带的诗集，动情地念出声来。

是的，我们都怀着"天将降大任于斯人"的理想，其实那时我们才二十出头，最大的也不到二十五岁。这样的梦想可笑吗？在许多年后的今天有时我会这样问自己。佛说，人生来具有灵性与无与伦比的智慧，只是它被世俗的尘埃蒙蔽了。八十年代，在物质相对贫乏，生态还未破坏，夜空还有星星的时候，我们青春的身体是否也比现在更能接近自然，显现智慧之光。我愿意这么去观想。凭着简单的智慧与坚持，在文学分崩离析的今天，《群岛》一直坚守在海边，成了故乡与大海的虔诚的歌者。

其实，除了写诗，我认识的《群岛》的诗友们也早早地体现了其务实及组织能力。记得有一次组织岱山青年诗会，集诗、歌、舞一体,《群岛》诗社的朱涛、李国平等与应邀前来的领导握手寒暄,还蛮像一回事呢。现在,《群岛》诗友在各行各业的都有,也都身手不凡,各领风骚。只是在内心深处,有了诗的铺垫,更多了一层豁然和洒脱。

会后,我们拍了一张合影。在舞台的灯光下,青春的面孔泛着光,头发茂密闪亮。我们的眼里流溢着光彩,显出无比的自信和自豪。记得有一个外地的诗友这样对我们说:"真羡慕你们拥有一个'大海'"。

其实,那时更多的时候我们都是独立于某个角落,除了文学,我们还有一份被我们称之为谋生手段的工作。在工作之余,夜晚的时光显得尤为珍贵。晚饭后,我会拿着手抄的北岛的诗本在磨心山脚下的水库边边走边念。晚上在自己的小屋看书,有时会随手拿过一张纸,写下一两行诗,涂涂改改。《十九世纪西方哲学译丛》封面设计得很漂亮,书的正面是白色,边沿分别为绿色、橘色,叔本华、萨特、尼采、黑格尔,我和那时的文学青年一样为使自己的思想更有"深度",一本一本地啃着它们,似懂非懂。有时脑子里停留在叔本华的"时钟理论"中,一会儿摆到左边是满足后的无聊,一会儿摆到右边是未达到目标的痛苦。滴答滴答,只听到时钟在走动。

有时文友之间也会走动借书。有一个文友在他的书房安装了一个大大的蓝色的窗帘,把幕布一样的窗帘拉开后是古老的紫色的衣橱。"吱呀"一声打开衣橱,里面散发一股浓浓的油墨香。一本本书像安琪儿一样静静地躺在那里。他会小心翼翼地把你借的书角整理好郑重其事地交给你,那种不舍的神态使你连当面翻一下书的勇气都没有了。

那时电话机还很少,我们学校只有传达室有一个橘黄色的转盘式手拨电话机。岱山还是六位数的电话号码吧，也许五位。反正要将手放在转盘的小孔上，一个数字一个数字地拨上数次才算拨出去一个电话。有电话来时常常是一阵刺耳的铃声后，传达室的阿姨会小跑着穿过大池塘，走上石阶，来小屋敲我的门。"小汤，你的电话"。于是我会飞快地放下手中的书——多半是书，去接电话。那时接电话的声音也不像现在这样柔声细语，而是将声音提高八度在喊。每次电话那头总会传来令人兴奋的消息，诸如举办什么活动啦，文友生日啦等等使得平淡的生活抹上了一笔亮色。

除了电话，我们也会写信。我喜欢把信写在白纸上，类似现在的 A4 纸，大而率真的字自由地躺在白纸上，像沐浴在冬日的阳光下。心中随意道来内心的感受，没有章法，最后是一句"祝一切都好"，然后是大大的签名。曾有人说我写信比写别的文章好。也许是无拘无束自由地表达的缘故吧。信中的自己像是从牢笼里逃出来的小动物，欢快地奔跑，不问境况，只有当下。然后将信贴上邮票投入墨绿色的邮箱。

那时，邮筒对我们这些文学爱好者来说有着特殊的意义。每每是怀着一颗虔诚的心将一篇工整手抄的稿子投在邮筒，然后等待戈多。但更多的是失望。记得有一次投稿，我还附了一封信，大意是：我已经二十二岁了，感觉老了，希望能把我的稿子用上。退稿信倒蛮人性化，也附了信，说才二十二岁，真羡慕啊！然后说蛮有才情之类的安慰下打发了事。我估计那时的文学青年都有过类似这样的经历吧。当时的忧伤在现在看来显得憨态可掬。在神圣的文学至上年代，一篇文章或一首诗被弄成铅字就会令我们感到无上的满足。那时的《群岛》为岱山的文学青年提供了这样的平台，使得我们小小的梦有了可以存放的地方。在《群岛》的帮助下，文学青年们士气大增，一批富有生机和创意的作品陆续在《诗刊》《诗选刊》《诗歌报》《星星》等报刊发表，也有一些朋友获得了全国、省、市级大大小小的奖项，被各家出版社的诗选集选录。也有一些朋友出了个人的诗集。我的诗集《纯情偶像》也被江西人民出版社出版。但与其说是诗集倒不如说是一本别致的硬笔书法的字帖。它被别人抄着成了别人的作品。尽管如此，多少也满足了一下我的心愿。现在这本字帖在网上"孔夫子旧书店"被卖到 175 元，成了古董了。

然而，天下没有不散的宴席，八十年代末九十年代初下海经商热潮席卷而来，文友们在"兵荒马乱"中纷纷弃兵投甲。一直来为之孜孜不倦地写着的诗是什么，有何意义，我们开始迷茫。曾经夜半一梦，觅诗半行，遂起身，神情恍惚，四下找寻，这是何等的痴迷啊！

诗友们开始陆陆续续地离开了海，离开了故乡。年少气盛的我们背起行囊，选择了流浪。群岛去了海南（郑复友），朱涛去了深圳，我也在深圳待了几年。有一次我和朱涛在街上擦肩而过，回头一看才知是故乡人，是战友，非常富有戏剧性。见面的第一句话是"还在写东西吗？"。这句话也是九十年代初文友碰面的问候语。每每问及，我总是心有不屑，淡淡地回答一句：早就不写了。似乎说得越斩钉截铁，越显得自己脱胎换骨，重新做人的样子。然而在内心却是若有所失。去深圳时，我正写着一部自传体长篇，写到万字左右，写不下去了，于是选择流浪。小说带到那边，在搬家时丢失了。后来也写过一首诗任它在枕头底下起皱，老去。从此再也没有碰过诗。真的不屑一顾吗？其实不然，去人才市场时总要把发表过芝麻绿豆这点事端出来显摆，以示自己与众不同。

再后来，总是不停地做着别样的梦，从弗洛伊德的《梦的解析》到肯·威尔伯的《没有疆界》，爱上了全人心理学。再后来，从凡·高的《向日葵》到莫奈的《睡莲》，又迷上了画布上点点的色彩。但在这些看似无关的内容中，总能体会到海与诗的节奏给予我的启发。潜意识的个案中求助者和着海鸥背景的音乐以及低声诉说在我看来像是配乐诗朗诵。画画时总是喜欢画开阔的海，卷起的浪花，有着淡淡乌云的天空。故乡和海已融入我的生命和血液，在潜意识中带给我无穷的灵感和启示。现在想想心中的那个海以及诗一样海的节奏是我生命中最宝贵的财富。

那时，在故乡却还有一些人坚守着，以李国平为首的《群岛》诗社一直在孜孜不倦地讴歌着大海。一坚持就是三十余年，这是怎样的一种精神呀！写诗，写海已经成为《群岛》诗友们的一种生存状态了，诗已融入他们的血液中，与他们的生命息息相关。而对于这个小岛，诗的精神已成为它的一种文化了。正像浙江海洋学院人文学院教授倪浓水认为的那样：岱山的一群文学爱好者，几十年来，在一个海岛上，以诗歌、散文和小说的形式，书写，吟唱，描述海洋、海洋社会和海洋人生，不但坚持下来了，而且队伍越来越壮大。这样的文学追求，就不仅仅是爱好了，应该是一种文化的日常化衍变和渗透。所以对于群岛文学的考察，不妨理解为一种地域文化现象。

岱山的人总有一种姿态无视生命中的种种纷扰，因为他们心中有诗的精神。据说，活了很久的东西哪怕是一株植物都会有灵魂。我愿意想象《群岛》不仅有内容更是有灵魂的，诗的精神会在空气中散发，传递，与这个小岛的许许多多的人、事相连接，使得这个小岛的人在平凡、具体、琐碎的生活之中，在热情、好客、直率的外表之下隐约有一种精神使得他们看起来更超然物外。

偶然在微博上看到北岛的一首近期的诗：那时我们有梦／关于文学／关于爱情／关于穿越世界的旅行／如今我们深夜饮酒／杯子碰在一起／都是梦破碎的声音。读来有些酸楚。其实，关于我是谁，我要去何处，我要干什么，关于生存的样子，关于我们将以何种方式存在，关于生命终极意义这些深沉的问题的思考，已在我们二十几岁时完成。现在，我们只需内心纯净地行走就行。无论我们在哪里，做什么，写不写诗，这些已不再重要。重要的是我们一直这样心无旁骛地行走着。

春节时又像往年一样爬磨心山。在山顶俯瞰翠烟蒙蒙的岱山岛，看到寺院、树林以及远处的房子、海、点点的渔帆。一切还是我想象中的那个样子。听说岱山本来要建跨海大桥，后来方案被改变，岛人不无遗憾，唯有我为故乡一直保持原有的模样，保持原有的蓝天、白云而欣慰。

在生于斯、长于斯的岱山，梦里常常出现儿时玩过的盐田、山坡、大海。之后在磨心山脚下工作的几年时光更是成为我记忆中最美好的情景。

《花样年华》中有这样的意思：在树上挖一个洞，把心中最美好的事讲给树听，然后将它封存。我也想这样，保留最美好的记忆，不想再用新的内容去覆盖它。

梦还在继续，它没有破碎。因为生命不只是眼前的苟且，还有诗与远方。

无论我们离得多远或者多近，无论我们一直联系或者不联系，我都会怀念我们曾经的岁月，怀念《群岛》，怀念海。

感谢你们——岱山《群岛》诗社的朋友们，怀着纯真和虔诚，用青春和梦想坚守故乡，礼赞大海。

愿诗的精神永存。

城市夜空中那些孤独的灵魂

　　一只悲鸣的飞蛾盘旋在城市的夜空，此时的城市已经没有了白昼的喧嚣，它变得宁静，寂然。子夜时分，城市高耸的楼房像孤独的巨人，独自低吟，偶有几点星光在离他心脏不远处独自闪亮。那里住着醒着的孤独者。

　　是的，在最寂静的时分，那些白昼中思绪混沌的人们，迈着空灵的步子以最清醒的觉，光脚走在某个钢筋水泥砌成的一隅，开始了一个人的灵魂之旅。

就这样一个人做自己喜欢的事

　　他：一个诗人，从事着当今人看来有点奇怪的职业。但他喜欢且坚持，坚持了三十年。为了诗他曾经放弃稳定的职业，四处流浪。他随身带着小本本，记下偶尔袭来的灵感。如今，在灵魂咆哮、低吟后，他悄悄地回归了故里。他用稿费支撑着 **40** 平方米的有着林林总总女人脚步声的那座不再时尚的酒店公寓中的一角。他依然写诗。

　　每天中午他在窗外炫目的阳光中醒来，用眼、耳、鼻、舌、身、意朗诵、阅读，观察，倾听，一些人、一些景、一些气息。子夜时分，诗意袭来，他开始与自己的另一个灵魂对话。

　　他的独白：

　　最近总是莫名其妙地对周围的人发火。呵呵，哪有什么人，是对我自己吧？抑或是对因为"关切"偶尔而打来电话的异性旧友？

在子夜这个一天中最寂静的时候，我只想一个人独自享受。此时，上苍以无比的慷慨，以最纯美神秘的黑色及偶尔的闪亮向我展露其灵性。

我点燃了一支烟。它娉婷地缭绕，以最美的姿态缓缓地自我的窗口升腾于我的夜。哦，我的至爱，你这个飘忽不定的精灵。三十年了，知我者，唯有你。在此时的我与另一个自己对话时，你显得异常的乖巧，你无声地自我的嘴弥漫于肺叶然后突然分身，一圈一圈地依次从鼻腔逃逸，待我欲再细看你一眼时，你已消失得无影无踪。我的至爱，你让我进入一种状态，带入另一个自己，然后，你转身。

我的灵魂开始升腾。我看到了最初的自己——那一团血肉模糊的生灵。那个最初的我至纯至圣。我能听到虫鸣花语和许多来自天籁的声音。几十年了我一直翻山越岭，渐渐地我被文字堆积成了思想、理念。有时在人群中也会出现庞德《在地铁站》里那样的湿漉漉的花瓣。但悸动的心会在几秒钟后清醒，回归我心最初的律动。是的，人生来是孤独的，对于渴望飞翔的灵魂来说所有的关系都是身外之物，都是羁绊。

晚饭后，我的灵魂渐渐从白昼中复苏，变得柔软，易感。对，我会在窗口站一会儿，看一眼这个慢慢静下来的城市。有时我会沿着我的视线通过另外人家的那些窗口看到一些男女，他们在移动。甚至我可以看到他们夜晚桌子上狼藉的饭菜，女主人移动着身子收拾残局，男主人满足地伸着懒腰。一会儿，男的身影出现在客厅鞋柜的那个地方，对，他在穿鞋子，然后，他打开门，出去了。然后电视机打开了，女的在沙发边吃西瓜。然后，她起身，移动,走到厨房。然后,折回。反反复复。然后,她消失在我视线未及的地方,不见了。

我不知道是孤独选择了我还是我选择了孤独。反正我已经走过了最黯淡的时期,我开始享受孤独。对,我想表达我对世界的感受,发出我自己的声音。我们生来都有发出声音的权利。不是吗?

忘却找回原本的自己

她,童年时在班级的黑板报上一气呵成画下麦草垛、月亮、小河,令四座惊起,皆因刘欢的那支歌。后来,她淹没在人群中。白天她在写字楼做着文员,夜晚则像这个城市里许多自以为是的准中产阶级那样,在新装修的除了沙发茶几和涂料没有令人可鉴赏细节的三室两厅里摆弄着衣服,洗洗烫烫。她给那个男人生了两个男孩。是的,在她的四周,除了孩子的哭闹声一切都是那样的心安理得,波澜不惊。然后,波浪还是袭来了,来势凶猛。在小儿子两岁时男人告诉她,他们必须得离婚。因为他的她有了。多么俗套的情节,被生活一次次蹩脚地抄袭。三个月日日夜夜的折腾后,她转身。她住到一间一百平方米的旧厂房里,帘子里一张床,帘子外堆放了很多颜料,她又提起颜料开始了童年的麦草垛。

她的独白:

是的,此时我一个人。一个人许久了。我回头看四周,在玻璃镜上看见了无数个自己。才知,原来的我是由无数的我构成的。在这个空旷的舞台,一个人独舞,灵魂都会笑出声来。这是谁设计的杰作?

我把画架支起,像男人那样用力绷好画布。我赞赏地拍打着

全民微阅读系列

我手上的青筋，它们很棒，有力、粗壮。对，这才配撑得起我一个人的舞台。多好的夜，多好的我。我庆幸此刻不是在某人浑浊的呼吸中熟睡而是在子夜的清新和透彻中独醒、独醉。原来仁慈的上帝安排一场结束是为了展开另一段华丽。

子夜，我起身，调色盘上各种颜色已依次排好队。我把阿黛尔的 *"Someone Like You"* 弄成单曲循环，开始用最大号的刷挥洒我的天空。那一团团恣意浓密的乌云在海的尽头哭泣着，翻滚着，然后慢慢地平息，移动。

在肖邦的《叙事曲》里，海变得柔和起来。海面的色彩渐绿渐蓝。波光里，一抹晕黄在跳跃着，我的心也随之升腾、欢快。我耐心地挑着另一些颜色，把它们揉在一起，渐渐构成我的岛。之后，我看到我的灵魂也好像变得坚硬了起来。

有人说，很多假的你要适应着慢慢地把它弄成真的。而我只想在余下的时光里以我的方式让灵魂一件一件地脱去外衣，找回原本的自己，痛并快乐着。

怀念可以是一种生存方式

他：退休教师，城市中孤独的老人。他曾有着二十世纪保留的古典唯美的爱情。其实在城市的角落，只要你细细观察，你会看见许多搀扶着的他们，风中抖动的银发显得格外的耀眼，就像他们平淡而深沉的爱。

闹市区一个陈旧的老式公寓，青苔隐约斑驳在墙头。自从她离开后，他每天的职业就是怀念。早上五点起来，烧水，把一杯水放在她的相片前，他们一起喝水，然后一起吃泡饭、榨菜、鸡蛋。食间，能听到筷子拨动瓷碗的轻微的叮咚声以及稀饭吸在嘴里的声音，就像以前一样。他不时地喃喃自语，与她说话。子夜，他守着她的照片一起看京剧。约凌晨两点左右他熄灯，睡觉。

他的独白：

伊，你像静月一般的平淡。我们一起五十年的时光中的每一天你都是那么安静、认真的样子。然后你忽然地怎么就离开了我，仿佛是要去一个更安静的地方。伊，在那里你依然会像以往我们一起时的那样，健康如初，苍白的脸泛着透明的恬淡和心思。你切菜、扫地、倒掉多余的垃圾，使我们的岁月一直保持纯净和简单。我们的屋内和心里没有多余的东西。在阳光好的时候，我知道你还会去劳动的，劈柴，开地，流汗，种菜，这些我们都一样地喜欢。亲爱的，在我眼里，其实你除了美丽和单纯别的一无所有。是的，你不要惊讶我这么说，这个美丽和单纯就是五十年以来你目光中一直有的那样的一种淡淡的笑。

现在正是子夜，我双手捧着你，走向海。亲爱的，到了，现在一切很安静，正是你要的那种时候。码头上已不再有喧嚣，以及任何多余的声音。我打开你的盒子把你撒下去，如同以往抱着你轻轻抛下眠床。你发出细细微微的声音，企图把我的衣襟拉住。不，亲爱的，这是我们最后的归宿，你大可放心让我安排，就像平时我总是喜欢自作主张似的。亲爱的，现在全部的你都心安理得地坦然躺在大海了。因为你的到来，海显得异常的宁静，在子夜的街灯下我仿佛看到海面有微的光，粉粉的样子，极其神秘。就像你的笑极淡极诡异极神秘，亲爱的，你真是美得让我无语了。那些皱纹算什么，它们只是在你的柔光下刻上几道细微的痕迹，那是岁月留给我们的自信和尊严。

我还会想要什么呢，从今以后，子夜时分，我只有守在这里了，对着亲爱的海，对着你。

结语

　　子夜,静的城市。一些人们或沉睡于梦或醒在世事的烦忧。然而,城市夜空中那些孤独的灵魂,或因未了的理想独醒并诗意,或因忘却的爱转身并找回原本的自己,或因丝丝缕缕的怀念,欲言罢却常忆。他们在子夜时分孤独地清醒着。如斯如是唯美。我们的灵魂在感动之余不由得升腾起一股敬意。然后,我们环视夜空,似乎想到了更多:关于生命,关于生存,关于宇宙,关于我们以及我们和这个城市的种种。

上海中年女子的 N 个瞬间

有时我写作不是我要写，而是脑子里的某种东西跳将出来要我写。比如这会儿我脑子里莫名其妙跳出一个题目叫《上海中年女子的 N 个瞬间》，但当我搜肠刮肚去寻访，其实并没有太多的 N 个瞬间，只是一两个画面在交替出现。我要表达什么呢，意义？我确实不曾想过。

很久前看一篇晚报类随笔写道：上海时尚女子多，装束也千姿百态，只是中年女子的外形包装似乎离这个国际化大都市差好几拍。当然那是过去。

但我印象中确有那么些上海中年女子穿着普通，也没有精心装扮自己。有几个画面一直在我印象中，她们选择在 2016 年农历年前的这么一个平凡的早晨来提醒我想起她们，非常有意思。

很久，大约我二十岁左右吧，也许更早。那时我坐上海客轮，是去上海还是回舟山，忘了。很有可能是第一次去上海。我记得是我一个人。船上，我像是玩得很开心，又像是有心事，似乎真的是第一次出门。

我遇到了一群年轻人，在船舱的休闲区喝咖啡，聊天，唱歌，场面热闹，喳喳乎乎。唱歌的间隙，我不时地沿着船舱铁锈斑斑的栏杆往返自己的床位。

我的床位在客轮下舱的其中一间。房内约有七八个上下铺。

人们或坐在床沿玩扑克，或趴在上铺看书，或闭目养神，一副百无聊赖的神情。

一位中年女子正打着毛衣。毛衣看起来结实，像是元宝针，胖乎乎蓬松松的样子。

第一次进门她用余光扫了我一下，面无表情，像是对我和外面的世界全然没有兴趣。第二次进门她没抬头，大概是毛衣织到关键时刻，她在那里比画着，全神贯注。毛衣很大，瓦灰色，没有复杂的拼接花纹，大概是她男人或儿子的吧。第三次进门她已经在上铺的床上了，兴许是将睡未睡之间。当我转身又要出门，下面像是有人在叫我，我大声应了一声：来了来了。

上铺的中年女子发出了声音：跑进跑出闹猛煞咧。像是自言自语，又特别清晰，沪语听起来很地道，没有外地人说沪语的夹生。我至今都想不起自己一趟一趟来来回回的含义，也许那就是青春的动荡吧，就像那次出门本身。我想了想我回来有可能是：照镜子梳头，要不就是写诗，或者一边照镜子梳头一边写诗。凡是现在的自己觉得莫名其妙的事情在那个时候是完全正常的。

我来不及回应她又匆匆上楼。热闹，聊天，暧昧，看得见外面的海，黑得涌动。船舱里有的是热烈，向往，歌声。这种热烈向往和歌声像是因前路未知而生的能量，或是某种虚空的激情澎湃。

天蒙蒙亮，我将醒未醒。我听到嘈杂声。

几声汽笛像是表明船真的到岸了。据说早上四点船就在黄浦江附近停着了，六点才准许驶进十六铺。

上海中年女子像是在叫我，到了到了。我匆匆起来，很多人在船舱楼梯上下挑萝夹担排队了。我梳洗整理，跑进跑出，一阵忙碌，生怕船上的人都下了，只剩自己。

看样子上海中年女子已经整装待发了。她动作迅速,红扑扑的脸膛,脚边一只不怎么大的旅行袋,不新不旧。

我拖着沉甸甸的皮箱往台阶跨了几步,有点踉跄。

上海中年女子斜了我一眼,她一把拎起我的皮箱,左手是她自己的旅行袋。她大步踏着楼梯,皮鞋咚咚咚地,非常有力。船上的楼梯通常是窄而陡的。我背着小斜挎包拥在人群中。

上海中年女子在离船舱门口不远处等我。她像是没怎么看我,就知道我已走近,又自言自语了一句:昨晚唱歌的那些人呢?她们(他们)难道还在睡? 昼夜颠倒。

我似乎没有一点要接过皮箱的意思,只是跟着她。

下了码头,人群更散。她这才停住,又斜了我一眼,像是对我表示极其的担忧和怀疑。

知道要去哪里吗?

随便。

她告诉我坐某某路车可以去哪里。外滩很近了。豫园城隍庙大世界几路转几路。最后她十分明确地强调:要在站牌看好下一站是哪里,终点站是哪里。不要坐反了。我像是极认真地嗯着,结果倒真的坐反了好几回。

上海中年女子走了,她大步流星地向前走去,还回头看了我两次。我像是有点留恋,为着天性中的依赖的惰性;又像是希望她走,为着前路未知的行走。

我似乎确定她是上海返城的知青。年轻时大概在广阔天地接受过再教育,比如北大荒、新疆、苏北或者舟山。反正我是那么想的。

多年后在上海某个老市区的小路,三轮车在转弯口擦到了停在边上的一辆黑色帕萨特小轿车。车主叼着一根香烟出现了。

哪能哪能几下后三轮车的外地口音小青年哭了。这时我印象中熟悉的上海中年女子出现了：

灰蓝色的外套，体型健壮，发型朴素，脸膛红扑扑。

哪能。侬自个停的位置不对呀。叫宁噶三轮车哪能过法子？上海中年女子发声了。

外乡男青年停住了哭声。

叼香烟的上海男心疼地摸着洗得油亮亮的车身，摩擦着车上的小疤痕。

侬叠个油漆像是旧车翻新的么，差不多弄一弄，赔个百把块算了。不然哪能。要我打110伐。上海中年女子一席话有点霸气。

香烟男骂骂咧咧：算我倒霉，擦那。

某一天火车上，几个上海中年女子在聊天。磕着西瓜子，说着她们家中的北方男人：伊是山东的呀。大闸蟹就是勿会得吃。咬两下就连骨带肉扔进了垃圾桶。乡下人没得救。

现在好了，会得吃了，还挑沉甸甸的重的来吃。一只螃蟹一个下午，一套工具。挑呀剔呀，吃好把那些针针钩钩洗净热水泡过收拢装盒子里厢。伊讲：大闸蟹味道真的老好。侬看么，晓得噶，教会伊做啥。

几个上海中年女子发出了不同频率的笑声。

在我的印象中通常还有这样的画面——那是另一种上海中年女子：走在老街上，梧桐树叶扑啦啦落下，她们手里拎着一个点心盒或某某百货商店某某服饰品牌的袋袋，里面一定装着折扣的包包和服饰顺带送一个小发夹。上海中年女子的脖子上系着真丝小方巾，蝴蝶花打得很精致，腰板挺直，脸平视，一步裙，鞋跟三四寸左右。

此时上海中年女子正边走边用三星手机讲着微信语音：

冰箱里带鱼拿出来解冻,买一点葱、姜,十点左右电饭煲里蒸一蒸,鱼要早点拿出,勿要闷过头。

要买散装东北大米,米饭盛小碗,再覆到另一个小碗,上面撒一小撮黑芝麻。

黑芝麻要先用水清洗,白开水过一遍,锅里炒一下。要撒得均匀,卖相要好。

哪能,今朝娘姨来吃饭。筷子多放一双。竹筷开水泡过,不要油漆的。

侬晓得伐。

我像是听到二十岁那年上海中年女子拎着我的皮箱咚咚咚地踏在船舱铁板的声音,老有力道。

姑 姑

姑姑是我的远方姑姑。我记得父亲说"你姑姑来了"，那是十多年前，我还在老屋看电视，姑姑带着一脸的腼腆。那次姑姑是来叫我父亲介绍男朋友的。

听说她和原来的那个男人年轻时吵吵闹闹，倒也一直凑合着，谁知到了他们都五十多岁时，有一天那男的说要跟她离婚。

他在省城找了一个柔顺的女人。姑姑抱着一床被子只身离家。时隔多年，姑姑提起他时还要抽烟通气，骂他为贼的儿子。

姑姑立志要找一个能令她扬眉吐气的男人。于是她开始了她十多年的奋斗。

那时姑姑已退休，有的是时间。一早她就来到县图书馆，在报刊上寻找征婚启事。她戴着老花镜，坐在太阳照得到的某个位子，用笔顺着铅字一条条地找下来，生怕平白漏掉某一信息。姑姑从怀里掏出一张从练习本上撕下来的空白纸，抄着她认为有用的东西。

中午的太阳照着姑姑的脸。姑姑眼镜里面的那对不算太大的眼睛闪着光。谁知道呢，纸上这些苍头般密密的文字，保不准某一天会变成一个个鲜活的故事，故事里的人会给姑姑带来惊喜。

晚上，姑姑在灯下开始写信。姑姑一般每次只写一封信。信很长，长达三千多字，姑姑使出浑身的解数，从出生年月到工作履历，婚变过程以及本人对婚姻的看法等一一向那陌生的人介绍清楚。

姑姑一边写着一边想象着那个陌生人的形象，隐隐约约，那些形象往往慈眉善目，体型魁伟，不像从前那个冤家。

姑姑一边吃着达能饼干，一边喝着麦片，有滋有味地，在热气的作用下，姑姑的鼻尖冒着亮光，脸上泛起红晕。

与那些陌生人书信来往了一阵，接着姑姑相见的人出现了。

他是个南下干部，家在上海，住在思南公馆附近。姑姑有点满意，上海可比那个贼的儿子呆的省城要气派多了。就像姑姑说的自动扶梯乘上乘下逛逛商店就够她逛几年了，不愁闲着没事干。那个他还爱好书法和国画，据说有一家不大不小的饭店请他画了二十多幅画挂在饭店的走廊。画的是《水浒传》里的人物。

姑姑在他家住了几天。那是个两室一厅半新不旧的房子，在以前上海人住房窘迫的时候，这样的房子也是有点令人眼红的。房子的客厅不大，铺着高粱色的地砖，四周还弄了护墙板，漆成老黄色；房间里铺的是榉木地板，还有点光泽，墙上贴着淡黄色的墙纸。

另一间是他女儿的。门关着。以前，女儿女婿和他住在一起，现在他们搬新家了，只是偶尔来一下。姑姑只见过他女儿一次。她朝姑姑笑了笑，露出一排洁白的牙齿。姑姑已记不清她长什么样了，只记得她那排白牙齿。姑姑似乎在为那牙齿太整齐而遗憾似的。姑姑还隐约记得她的表情，她在津津有味地吃着姑姑从舟山带来的鱿鱼卷，吃的时候闭着眼睛，腮帮一鼓一鼓的，姑姑从侧面看她有点像哪幅画中见过的人物。

那天，他们去逛了一天的街，天摸黑的时候，回了家。姑姑和他坐在沙发上看电视。姑姑看着一部古装的武打片。他看来不怎么感兴趣,看着看着打起瞌睡来了。他闭着眼睛,眼球有点鼓,亮亮地包在眼眶里,一跳一跳地,眼眶上面还有几条青筋。他的嘴巴微微张开,头斜向一边,不知是有意还是无意,靠着姑姑。

姑姑感到肩膀有点重, 就赶紧调电视频道,调出一个京剧来,咿咿呀呀一唱,他的身子开始动了,眼睛微微睁开,他揉了揉眼睛,开始看电视。唱到杜丽娘《牡丹亭》姹紫嫣红那一段,他握住了姑姑的手。姑姑丰腴的脸上泛起了红晕。姑姑的心里有一种热乎乎的感觉,姑姑好像不希望这种感觉马上离去。他的手放在姑姑的胸口,很轻很轻地摸着。他不抽烟,没有烟味,但他的身上散发出淡淡的蛇胆奶油香皂的味道。姑姑和他抱在一起。站在那里,他们的脚开始移动,和着杜丽娘的高亢和圆润,他们的脚继续移动着,移到卧室的门边。

"我只道是断瓦残垣,却原来姹紫嫣红,春光明媚",他的咖啡皮拖鞋踩着姑姑的绣花棉拖鞋,在打蜡地板上一滑一滑地,一直滑到床边。

三个月后,姑姑又拎着皮包回来了。谁也不知道她为什么不继续下去。隐约听姑姑说那男的偷看她的日记。也不知道姑姑的日记里都写了什么。是他看了姑姑的日记姑姑不高兴了,还是他看了姑姑的日记后不高兴了,不得而知。

姑姑又继续到图书馆寻觅,继续写信,继续做梦。有时也遇上有点心动的,忍不住花费那几钿,坐船坐车,劳心劳肺一番。但都没有姑姑想要的那种结果。那年姑姑去榕城又住了几个月,具体情况不得而知。回来后姑姑与几个子女大大地闹了一顿。子女们都不希望姑姑再找,至于姑姑像年轻人那样谈情说爱,他们更是反对。但姑姑的心却怎么也收不回来。

那阵子,姑姑的胆结石又发作了。住在医院,子女们来看了几次。出院后,大女儿要姑姑住到她家,帮忙做点家务,照料照料孩子。姑姑也不便推托,住了过去。

姑姑干的活倒不多。早上,姑姑烧好泡饭,煎几个外甥女爱吃的苹果饼,在微波炉里热一热牛奶,等他们吃好收拾掉碗筷就完事了。中午他们不回来吃饭,姑姑自己随便烧点什么打发过去了。从早上九点到下午四点这段时间,姑姑是绝对自由的。

刚来的头几天,姑姑对那屋子有新鲜感,以前虽说是自己亲生女儿,但来的趟数也不多。因姑姑是性情中人,子女小时候打打骂骂的事也偶有发生,长大了也难免有那么几件意见不合的事,倒是和子女生分了;相反还是他们的爹和他们要亲热些,那后娘也会做人,给他们每人老老小小做一件丝棉袄,虽说也不见得大家都爱穿,但却也起了其该有的效果。

大女儿那房子从客厅到厨房都是花岗石铺成的,客厅的顶上是雕花的彩色玻璃,粉色的荷花,配着绿的叶子。几间卧室是柚木地板,木格子的高低架上放着苏州刺绣、水晶球等。

姑姑开始给她的老姐妹打电话,约她们中午来吃饭。当然,姑姑的这顿饭也不是那么好吃的。姑姑是有事求人,求的事当然与婚姻有关。

不一会儿,姑姑的三个老姐妹来了,都是瘦瘦的,精神很好,谈兴很浓,楼梯口就听到了她们的声音。姑姑让她们坐在椭圆形的台子上,一人一碗红枣白木耳。

然后,姑姑在厨房间忙碌起来。姑姑在不锈钢碗里倒了一些面粉,撒上些水,用筷子搅拌了几下,再切好一片片香蕉,裹在面粉里面,然后让它们在油锅里翻滚了几下子,一道黄灿灿胖乎乎的甜饼诞生了。

姑姑圆乎乎的腰身裹着淡绿的围裙,在厨房间周旋。不一会儿,几个菜就端上桌来。香蕉甜饼,红烧墨鱼,糯米子排,鱼胶粉丝菠菜,加上手撕鳗鱼、皮蛋、腰果等几个冷菜,老姐妹们吃得不亦乐乎。她们嚼着香脆的甜饼,嘎吱嘎吱地,肚子里垫了垫底后,又开始把目光瞄准鱼胶粉丝,舟山人都知道,这鱼胶属于山珍海味中的"海味",价值几百元一斤。老姐妹们边吃边夸着鱼胶的鲜嫩,不知不觉午宴就过了高潮。姑姑开始言归正传。

姑姑说:"哎,阿杏,听说老早教小学的那个方老师后来找了一个台湾人。"

"是的,不过早就离了。"叫阿杏的那个老姐妹说:"那个台湾人有一个兄弟也住在一起。"

"那像什么样子。"另一个老姐妹插话。

姑姑说:"还有那个王老师,当领导的老公刚死就嫁给了一个台湾人,那老头比她大十岁,不过看上去倒蛮年轻的。"

姑姑又说:"阿杏,你姐夫从台湾回来了。这下倒好,你姐等了二十多年总算有了盼头。"

姑姑想以此为话题引发今天谈话的中心。她是想通过阿杏的姐夫给自己介绍一个。

不料,阿杏叹了口气说:"你不说还好,一说我就替我阿姐难过,姐夫从台湾带了个老婆来,给阿姐一千美金,一个戒指就算了事了,气得阿姐在床上躺了好几天,今天还到医院去看了病。"

姑姑一听,也就叹了口气。像是为阿杏姐姐,其实为的是自己。

姑姑看来什么计都用上了。这几天胆又有点痛,不过还好。姑姑捡了点中药,到中医院把煎的药拿回来,顺便在小超市买了一斤核桃肉。听说核桃肉生吃对胆有好处。

姑姑又在报摊买了一本《家庭》杂志。晚上收拾完,姑姑就看起杂志来。杂志上有一篇文章写的是一位女作家,第一次结婚十来年后的一天,一位陌生女子找她,那女的说自己与这位女作家的先生在其结婚前生有一女。那女作家听了,想这么大的事你婚前也不与我说清楚,就与那男的离了婚。后来,寻寻觅觅,终于有了好的结局。

姑姑看了很是感动,也把自己的经历写成密密麻麻而唠唠叨叨的文字,寄给了那位女作家。还找到了她在杭州的新家。那女作家还算客气,接待了冒昧寻来的姑姑,还让姑姑参观了自己的新居。但姑姑的文章却不够刊登。姑姑想通过发表文章来让别人认识自己的梦又破灭了。

早上,姑姑去爬山。姑姑的腿至今依然很结实,也许是她年轻时爱爬山的缘故。天凉了,姑姑的头发在风中飘着,银色的、黑色的、柔软的。姑姑六十岁的心在风中晃晃悠悠地感动着,像一道美丽而无奈的风景。

回来后,天晴了,姑姑找出旧皮箱里的衣服,开始试穿。最后一件压在箱子底下,是年轻时珍爱的一件旗袍,桃花的图案,湖蓝色的底子,配以嫩黄的碎叶,过去稍显宽松的旗袍,现在裹得紧紧的还能穿上。

姑姑背对着穿衣镜,拿另一面镜子在前面照着,以看到自己的背影。镜子似乎故意装得模糊一点,姑姑有点花了的眼睛隐约看得到自己圆浑的身影。

晚上,姑姑吃着嘉兴的文虎酱鸭。每当感到失意时,姑姑总爱独自一人享受美味。她净了净手,先把鸭头撕下来,文虎酱鸭很香软,姑姑轻轻一折鸭子的头就下来了,姑姑先舔了舔鸭嘴,鲜美的味道。

姑姑只感到口里有甜而滋润的津液,用门牙把鸭嘴边缘的一圈软筋样的东西先吃掉,然后开始啃鸭的脸,透过鸭子长长的嘴和两颗小黑洞似的眼睛,姑姑准能找到它的脸颊,尽管只有像黄豆大的那么两小颗,但姑姑的牙准确锋利地对准它,轻轻一咬,姑姑品尝到了鸭身上最美味的小小部分。只有这时候姑姑才会咪一口白葡萄酒,嘴上发出"丝"的一长声,过足瘾。

喝第二口酒之前,姑姑用嘴唇触摸鸭的小光脑袋,然后开始轻轻地轻轻地扣,直至深入鸭脆弱的头盖骨,吸到它的脑浆。

之后姑姑通常只吃一个萝卜丝饼就结束了晚餐。乘着酒意姑姑洗澡了。姑姑的身子漫在浴缸里,隐约还有那么一点轮廓,皮肤白而富有弹性。姑姑浑身的毛孔都随着暖暖的水流张开了。

那年我回家过年,又碰到姑姑在我家。我知道她又是一个人。她向我絮絮叨叨地说着这一年来见过或联系过的人,这个什么什么好,什么不好,这个什么好,什么什么不好,我坐在软乎乎的沙发上,听得快要睡着了。

姑姑又一次结婚时已经六十五岁,距她离婚那年已整整十二年。婚礼的那天,妹妹买了一盒化妆品给她。姑姑的脸上洋溢着兴奋。姑姑穿着蟹青色的套装,里面是粉色的毛衣。据说那个男人慈眉善目,是个舟山籍的台湾人,比姑姑大五岁。他慈祥的目光注视着姑姑。据说,这种人在当地很吃香,与姑姑结婚的他就有许多媒人给他介绍对象,共计十六人,姑姑是其中的一个。而且这其中姑姑是最高龄的。

我不知道现在姑姑的感觉如何,我想无论找了谁,跟谁过在一起,只要她觉得好就是好。如果别人也能觉得好那也许更好。大概姑姑现在的情形就是这样——花好月圆。(**2002** 年 **5** 月 **10** 日)

后记：十五年前差不多春末的时候我写的这篇文章，某一天在家里的抽屉发现了它的打印稿。电子稿早就不在了。这也是一份缘吧。

而文中的"姑姑"呢，现在已经八十来岁，当然那先生更老了。早些年姑姑和他来来去去，也就是姑姑去台湾看他，他来大陆看姑姑。那时姑姑的这种生活也够前卫的。前不久，姐姐说那先生由儿子陪同来看姑姑。姐姐还强调这估计是他们之间最后一次见面了。据说那先生有了早期阿尔茨海默病的症状。这十几年姑姑和他过得怎样，彼此的心情怎样，彼此对人生有怎样的看法，我都不知道，我是有点想知道的。兴许哪天空了有机会了，约上姑姑边喝咖啡边聊，随缘吧。

对孩子好一点，更好一点

　　真的，其实我很不配写这篇文章，因为和别的母亲相比，我对女儿付出得很少。写这篇文章的起因是，有一天我读了《读者》中老鬼的《母亲杨沫》一文，被深深地感动了。读到最后三分之一的时候我哭了，第二天再读，又哭了。老鬼说，从感情上说他怨恨他的母亲；从理智上说，他爱他的母亲。如果你是母亲听了这样的话一定会很悲哀。父母对孩子的影响是无孔不入的，伤害也是在不知不觉中形成的。一句话，一个表情，一个不经意的动作，都能使孩子受伤，也能使孩子满足和自信。杨沫这一代人很革命，把工作当成一切。那时孩子又多，父母更不像现在这样护犊了。在这样一个知识和革命的家庭，孩子的心灵会这样受伤，不能不引起我的反思。弗洛伊德认为，儿童童年的境遇对其一生都有深刻的影响。当然，身处逆境也能激发其精神"升华"，就像老鬼，他在经历内蒙古大草原的洗礼后，奋发考上了北大。但作为父母的我们都希望孩子在顺利的环境中成长，自信、博爱地面对这个世界，在和风细雨中沐浴这世界给予的爱。

　　我女儿出生时，只吃了两个月的母乳，当然有种种的理由，但又怎么样呢！然后我父母、姐姐把女儿带到七岁才交到我手中。我只是在一年中有几次回去看她。每次见了她，都觉得她很美，像看亲戚家的孩子似的。毕竟有血缘的关联，她每次见了我，精致的小脸都露出微微的笑容，在我姐姐的怀里，她黑葡萄般的眼睛眨巴眨巴地，像是在审视着我。记得有一次，大概是她三岁的时候，我和她玩拍乒乓，她很兴奋。小孩子是全世界最容易投入和满足的动物。在尽情地游戏中她早就忘了平时姆妈（女儿对我姐的称呼）教她的种种了，比如：生你亲还是养你亲呢？平时姐姐这样问她的时候，她总是回答："养我亲"。我趁她玩得起劲，就问：生你亲还是养你亲？她小嘴咿咿呀呀地咕哝着"生我亲"，还不好意思地回头看看我姐姐。见我姐姐在笑，她就更大胆了。在我的教唆下，她开始说姆妈大灰狼了。说得我姐姐直追着佯装要打她。

我每次去看女儿，都会买五颜六色的糖果。我把东西放在她的面前，她很好奇地打量着，一样一样地拿来看，一包一包地拆开，再一个个地分给别人，屋里时时可听到她的小碎步，一不小心"哇"的一声哭了，摔倒了。但女儿跟我玩得好好，关键时候却不愿理我。上厕所时，她总要叫我姐姐，我帮她拉裤子，她就哭。早上，我姐姐起得早，把她抱到我的床上。可她的小背对着我，一耸一耸的，掉着眼泪。

我女儿七岁那年夏末，我来到姐姐家的小院，女儿正和一个小伙伴在橘子树边上玩。姐姐把她打扮得很美，两条辫子光溜溜的，露出一张精致的瓜子脸，上衣是水粉红的无袖 T 恤，下面穿着绿黄相间的超短裙，配一双粉色的小皮鞋。我给她念了画报，讲了故事，后来我要回的时候她说要跟我回嘉兴，我说好呀。

就这样，幼儿园没毕业的她跟着我，从姐姐那个相对封闭的环境又来到另一个环境。普通话不怎么样的她上了一年学后已经会一口纯正的国语了，小学五年级她从嘉兴转学到上海，英语基础不好的她已考过了上海市的中小学生英语一级。后来她提出要画画，我们就请了一个美术家教。她学习一直保持中上，她对我们最满意的地方就是对她学习不施加压力，不像别的家长。

量力而行，顺其所长，快乐而有尊严地活着，懂得享受爱，也懂得给予爱——这就是我对女儿和孩子们的心愿。

后弄堂

后弄堂是一间房子，一间小小的房子。奶奶住在那里。

从我记事的那一刻起奶奶就住在那里。

我猜，奶奶一生住过的地方有她父母家，有汤家院子里别的间。只是到了晚年，奶奶才住到这里，因为别的所有间都另作他用了。

因而后弄堂很可能是堂前用木板隔出的一小间。

那是奶奶晚年安身的地方。

中国的父母大抵如此。

总之，从我记事的那一刻起，奶奶的地盘就是那个估计不足五六平方米的后弄堂。

童年的我常去后弄堂。是后弄堂吸引着我去，而不是谁硬要我去。当然奶奶一定是欢迎我去的。

我家的房子在奶奶院子外的另一个院子。我家的前门在任何时候都朝着通往奶奶的后弄堂。这是一种隐喻。

我小小的身体跨进门槛，穿过两边堆着高高柴草的空旷的穿堂，走入一片铺满青石板的院子，然后再跨入堂前，堂前后面就是奶奶的后弄堂。

我记得从我家前门到奶奶的后弄堂需要跨过四个门槛。如果连我家的那个低低的门槛都算进去的话，那是五个。

奶奶坐在堂前。

奶奶面朝院子,坐在堂前。

奶奶能看到从穿堂而入的任何一个人、一只猫、一条狗的动向,当然也包括我。我猜从我进入奶奶视线的那一刻起,奶奶的心就会充满期待的。我姑且这么高地估计着自己。

我大概有时连蹦带跳,有时慢悠悠地走进。现在当我这样回忆起自己走入奶奶视线时的情景时,感觉自己像美国电视剧《欲望都市》里的那个"大人物"。总之我从奶奶的神情中看到了期待。

对,每天从后弄堂起来坐在堂前是奶奶的工作,就像皇上坐朝一般。

我记忆中的奶奶就是这样坐着的。在我很小的时候奶奶就不会行走了,因为一次摔跤。

关于奶奶那场摔跤事故,我是从大人们的交谈中得知。姑父来访,奶奶在煤炉中准备酒冲蛋。酒冲蛋是过去人家对女婿的礼遇。做法是用钢筋锅烧上水,待水开了打蛋倒黄酒放白糖,香气扑鼻的酒冲蛋就大功告成。

那天裹着小脚的奶奶像平日一样先在煤炉里烧上水,就去准备下酒菜了。不料钢筋锅子里的水沸腾掀翻了锅盖,有人叫了一声,奶奶踮着小脚应声小跑过去,在青石板上滑倒,石马岙部队医院检查结果,奶奶的髌骨碎了,需要手术。

那时奶奶已七十二岁,父亲和兄弟们商量结果拟采用保守治疗。从此奶奶就开始了长达二十来年的坐朝生活。

我至今想来颇感惋惜,要是那时父亲和伯父们大胆些,兴许奶奶活着时的生活质量会高很多。

其实过了多年奶奶还在幻想着腿能走了这样的美事。奶奶梦见自己会走了,总会告诉我。仿佛我也被带入那个行走着的奶奶的梦里。

有一次,大概一个民间郎中到奶奶这里小坐,说一种叫风藤的根茎类植物浸酒能治好奶奶的病。奶奶又兴奋起来,每天说着风藤,想象着风藤奇妙的疗效。

后来奶奶好像真的吃了一种像传说中风藤一般浸酒的东西,但奇迹没有发生。

奶奶让哥哥做了一条轻便而窄的长凳。我至今似乎还能记起那条长凳的模样:浅黄色,凳面因为长期的摩擦显得光亮。

奶奶的一天通常是这样的:起床后坐在方凳,方凳的一端接上长凳,然后奶奶用臀部和臂力支撑让身体转移到长凳上。奶奶就这样移动着来到堂前,母亲和婶婶轮流倒洗脸水端一日三餐。

早上梳洗完,奶奶就开始坐在堂前,面朝穿堂,注视着前方的风吹草动。

夏日的傍晚刚刚洗过澡的我跨过四个门槛,在奶奶身边那条长凳坐下。

奶奶用手摸着我的胳膊,边说道:扑粉(爽身粉)扑过了,滑滑的。人大了,出来不要穿短裤了。奶奶摸着我额前的一个红点说,这是什么? 我说同学火柴头烫的。奶奶着急地说,怎么能这样呢! 弄不好会做疤的。奶奶像是反复强调这样的事是重大的事要我牢记。

奶奶坐在堂前,面朝前方,一对温和而洞察秋毫的眼睛似看非看着一切。大半辈子下来,奶奶所见的当然很多了。虽然奶奶的空间只是局限于小小的院子,最多岱山的某几个地方,但发生在奶奶周围的大到婚丧红白喜事,小到蚂蚁搬家燕子归来,无不在奶奶的眼皮底下。奶奶把它们藏在衣襟的某一处,只要奶奶高兴，随时随地都可以抖落下来，而我就是那个在奶奶身旁接着奶奶落下的故事的人。

奶奶的叙述琐碎随机，自言自语，像屋前落下的雨水。

早起头啊，奶奶眼睛看着前方。你大伯结婚。穿堂堆满劈好的柴瓣，这么高这么高。奶奶用手比画着。

酒席整整办了五十六桌。奶奶仿佛穿越到大伯结婚的现场。据说大伯母是奶奶家的童养媳，父母早亡。她的父母是爷爷的朋友，他们把女儿托付给了爷爷。大伯母长得瘦小，一个眼睛好像还有点斜视，而大伯则长得气宇轩昂，一表人才。

听姑姑说当时大伯向姑姑哭诉说自己不喜欢伯母。现在想来爷爷为了信守诺言把童养媳许配给了自己的大儿子似乎有点……

奶奶从没提起过大伯父喜欢不喜欢大伯母的事。奶奶只是沉浸在她的叙述中：酒桌从弄堂的这里排到那里，当天的天气，置办的鸡鸭鱼肉等食物，嫁妆聘礼，酿造的米酒，参加婚礼的人们，人情佃等等。

奶奶的叙述平静中透着自豪。总之奶奶愿意反复提起的事总归是一件重要而成功的事。

嗯，你小舅公送来的带鱼活蹦乱跳。奶奶的故事总是遂不及防突奔而来。我张开双臂满满地接住。新鲜带鱼撸几颗盐花，几片生姜蒸笼蒸过香啊。鱼肚肉油默默像猪肉，鱼背肉精而鲜嫩像鸡白肉。我像是看到奶奶的筷尖蜻蜓点水般在腌带鱼中划过，她只粘了一点鱼汤。

德恒德恒啊。我像是听到奶奶在叫着爷爷，她要把上好的部分留给爷爷。

小舅公据说是奶奶的大儿子。当年太外公家富裕无儿，就让奶奶的大儿子当了奶奶的弟弟。不过奶奶从未说起。每当母亲提起，父亲就会说：瞎三话四。

金灿灿的桂花倒在竹器上，奶奶和几个奶奶级的人挑着桂花，准备用糖腌制。我小时候吃的一种叫桂花酒酿圆子的就是放这种自制桂花的。桂花的色泽令人兴奋愉悦，香味令人陶醉。我坐在奶奶身边，听着奶奶级的大人的唠叨，迷迷糊糊，像要睡着了。

几个媳妇每天端菜过来啊。有上市头的菜她们总会先端来给奶奶。奶奶面含喜色。

三房路远总少点吧。三房说的是我家，我竖起耳朵听着，眼睛也睁大了，奶奶说，三房孝顺的。奶奶向她们使了一个眼色，轻声说。你们别乱说，那孩子会告诉她娘的。我是确信被称为三房的，我家是最孝顺的。听大人们说，奶奶的生活费大伯二伯各五元，我家七元。这是我父亲表达孝顺的方式。

春二三月天气热了，隔壁那家的媳妇怀孕了，肚子似乎一夜间挺得老高。十月份拎着催生衣去娘家，后来小毛头抱出来了，一天天长大。但是我是看在眼里的呀，她用一块瓦片寸在肚子上，那天晚上我听见哗啦一声瓦片落地，像婴儿般呱呱落地。如今这个领来的小孩已经长得俊俏模样，上船出海了。奶奶是看到隔壁家搬房的手板车推过远去忍不住说的。说完奶奶跟我强调说，这是给你编的故事呢。

留在记忆里的还有一些色彩和名字，当然也与奶奶有关。玫红紫红大红天蓝宝蓝玄色，香云纱直贡呢全毛哔叽，纺绸，长裤旗袍对襟短袄长衫，哗啦啦黄梅天一过，几家媳妇在院子里晾晒起樟木箱里的珍藏。

这些珍藏年代久远，有的已经泛黄变色，有的轻轻一拉就脆变撕裂,奶奶用板凳移动着来到阳光下,数点着这些物件。空气里散发着樟脑丸的气息,那些好看的颜色与颜色混在一起,闪着光亮。奶奶指着一件暗红小旗袍说,那是你娘结婚时穿过的。那件长衫是你太外公民国某年在上海买的。

每当这样的时候奶奶的叙述又开始了。我奔跑在五颜六色闪闪发光的衣物间,奶奶的追忆就是这光阴跳动的碎片,凌乱无序却又真切得似乎能用手摸到。那些发生过的故事其实就像这些衣物,它们存在于奶奶意念中同样被阳光晒着,发着光,闻得到气味。

到奶奶后弄堂通常是晚上,母亲带着我们,打着手电筒,跨过四个门槛。

后弄堂灯光昏暗。我们排排坐在奶奶的床沿,马桶箱,矮柜。场面温馨,聊着家常,絮絮叨叨。我会跪在马桶箱上看墙上挂着的黑白照片。有一张我父亲年轻时围着围巾的侧面照,个性十足,注视着前方,有点不屈的样子。

后弄堂的摆设我似乎还记得,进门看到的是奶奶的一张大床,当时觉得床很大,反正比爷爷的那个大。床边一个马桶箱,对面一排矮柜,大概是既能放被子又能当凳子用的。床的对面是一口衣橱。

奶奶在世的后几年几乎不坐朝了,奶奶躺在后弄堂。我进门,奶奶轻轻唤过一声就低声呻吟起来。我给奶奶捶背。喜欢按摩似乎也有遗传,奶奶喜欢,父亲喜欢,我也喜欢。有时大人们还叫来民间的按摩师,嘴里念念有词给奶奶按摩、捶背。

黄昏时分我去后弄堂,奶奶轻轻唤过一声,示意我打开橱门。衣橱门"吱呀"一声,我闻到了樟脑丸棉织物加糖果点心的味道。总之那是奶奶的杂货柜,里面除了衣物还有来访者赠送的礼物。

奶奶让我把一罐琥珀桃仁打开，取几颗吃。有一次奶奶还留了一根香蕉，香蕉很熟，似乎熟得快要烂了。但这是我吃到过最甜美的香蕉。好像也是我第一次吃香蕉。那时海岛不太有香蕉这种东西。奶奶说那是二伯母的弟弟从南方带来的。

记忆中后来看奶奶都在后弄堂，奶奶躺在床上，轻轻地唤过一声，奶奶起身，斜靠在床头，开始自言自语：

昨晚后面那边有鸭子"嘎嘎"的低叫声。奶奶说那是鬼叫声。我想象中的"鬼"是一种影子，一个非有机体的影像，奶奶描述中的鬼还有各种声音。以后每当夜晚或半夜听到犬吠或各种不明物的声音我总会联想到那是不是奶奶说的鬼。

奶奶越来越衰弱。我印象中奶奶堂前坐朝时的阳光慢慢褪去暗淡消失，奶奶的后弄堂也越来越暗，各种气味混杂，我喜爱的糖果味越来越弱，直到完全被别的气味覆盖，童年的那个我奔赴奶奶后弄堂的驱动力也越来越弱。

有几次我看到奶奶在暗的空间中沉寂着，那个令我依恋的奶奶似乎离我越来越远，我悄悄来了探头又跑开。

奶奶去世时正是农历二十几，母亲在忙着过年的食物和除尘，我在院子里玩。一天早上母亲端着茶盘给奶奶送饭回来，惊慌地说，奶奶不行了。

奶奶葬礼的仪式繁多，我只记得当奶奶被装进棺木，棺木板的大钉子沉沉敲响的时候汤家众姐妹大声哭了起来。煤气灯照着众人，那光亮与阴影让我想起卡拉瓦乔与圣经故事有关的画。

我在拥挤的人群里。我把眼泪鼻涕都擦在了二伯大女儿的肩上。

奶奶去世后几天,天气大冷,我们睡下,父亲说,奶奶那里不知暖和否。父亲语调平静,我听得出是一种依恋和祈愿般的怀念。

　　我二十二岁那年骑自行车遇到事故,父亲说他做了一个梦:奶奶刚弹完一床棉絮经过事发地,奶奶把厚厚的棉絮铺在地上,我得以保护,幸免于难。父亲常常喜欢来一些善意的谎言,我倒愿意那是真的。

着长衫的爷爷向屋弄深处走去

印象中的爷爷就这样出门去。

那通常是春二三月,或别的什么时间,总之那应该是在天时和爷爷的心情都好的时候。

对,那个戴礼帽(很可能是普通的草帽),着长衫,拄着手杖的爷爷出门去。

爷爷笃悠悠地跨出穿堂门槛,沿着那条几十年如一日的长长的屋弄走去。

爷爷的影子悬在屋弄中间,有时长有时短,有时身前有时身后。我渺小地站在那里,看着爷爷的影子移动着变幻着。

在周围清一色的军服装束中,爷爷的出场令我仰望,爷爷的前方让我心生好奇。

似乎爷爷的另一只手还拎着篮子,篮子里有一盆花——紫罗兰的忧伤和娇艳。

当爷爷走远,我才注意到这盆花。花在阳光下闪动,独自发出优美的声音。我想象中花的声音应和着爷爷的礼帽、长衫、手杖,有一种别样的怪异。

这种怪异有点令我着迷。

在爷爷的花园里我像是没有见过这种花。

爷爷在院墙外的空地种了一棵文旦树,还有一棵石榴树。

从我记事的那一刻起爷爷的文旦树和石榴树已经成年。她们一年一季孕育着果子，令我心花怒放。

其实文旦倒像是没怎么吃过，待树上结出小果，我常去探望。眼看着文旦越来越大，忽一日台风过后文旦树下躺着大大小小的文旦。我捡来抱在怀里，抛到空中又用手接住，当皮球用，然后放在抽屉，任由她们在岁月中风干成"木乃伊"。

而那棵玲珑秀气的石榴树就在文旦树旁边，羞羞答答开出花来，带给我更多的是一种视觉的愉悦。小小石榴头上的那一丛花娇艳无比，那是爷爷的石榴树留给我的美好记忆。现在市场上常见的石榴个大壮实，与印象中爷爷石榴树的石榴完全不同。后来，大概是地上要盖房子了，文旦树和石榴树移到姑姑家，不知下落。

记忆中爷爷像是从未来过文旦树和石榴树下，现在想来爷爷一定来过。

开始，长大，结束。

我就是那个在树下完成着童年的孩子。

在爷爷院子里面，二伯家卧房前有一块小小的植物园，里面有很多盆栽的绿植，花倒像是没有太大的印象，也许没有。

爷爷院子里的花草多数是堂哥在弄。我猜爷爷当初一定也像堂哥那样细心伺候过那些花花草草。植物们在我的印象中像是一年四季绿着，不见黄叶；花盆各异，姿态万千，葱葱郁郁。石板路上湿答答青苔一片。

爷爷像是微微皱眉，坐在堂前的床上严肃地望着我。

爷爷的床就在堂前的一侧。堂前相当于现在的客厅。到了最后爷爷奶奶的地盘节节溃退，奶奶退到后弄堂，爷爷退到堂前。

东厢房是二伯家卧室，西厢房是大伯儿子家卧室，东西两房的房门就在堂前门口，爷爷每晚要待他们开门进房才得以睡下。

当时大人们觉得爷爷是男性，寝卧可以敞开，现在想来爷爷有多难。

甚至爷爷应该要有一间属于自己的书房才好呢。

爷爷在堂前一张小桌子边磨墨书写。爷爷写在家谱上的字迹清秀。家谱每家一本。民国或更早某年某月，太爷爷率家人从宁波镇海某镇某巷迁徙到岱山。什么原因迁徙我就不得而知了。不过我对迁徙的人总是抱着十二分的好感，他们大概也像我这样，不安于现状，对世界充满探究，向往他方，惴惴不安，寻寻觅觅。我像是为自己找到了出处。

家谱上写着亡故祖宗的姓名，生卒年月，以做家祭备忘。还有汤家晚辈出生的年月生肖时辰，似乎表明在父母结婚证都没有的年代我们也是有据可查的。

家谱上当然也有我的。妹妹出生时爷爷大概老了无心顾及此事，父亲忙于工作也无心顾及此事，我站到圆凳上拿了父亲搁在橱柜顶端的家谱，在爷爷秀气的字迹后用厚重的毛笔唰唰写下妹妹的大名"仲青"，字是竖排，又大又丑。妹妹读小学时我又擅自把她的名字改为"竹筠"。爷爷见了会怎么想？爷爷一定是干咳几声，默默不语，微微皱眉。对了，妹妹之前，汤家大院众后辈的名字都是爷爷起的，大概妹妹出生时爷爷真的老了。

我记得爷爷的那些大小不一的毛笔插在不同的笔筒里，有一些在奶奶的后弄堂。还有那些线装的旧书，爷爷的老花镜，放大镜，毛边纸，茶叶罐，烟灰缸，这些在童年记忆中与爷爷有关的东西没有一件在我这里留下，那时我太小了。

我把爷爷用过的香烟壳拆开，闻着烟草味，叠着船。爷爷的烟有新安江、大红鹰，大前门是过年时才有，大概是父亲给的。爷爷的后辈少有吸烟的，父亲、哥哥都不吸烟。所以我认识烟草特殊的味道大概也源自爷爷。

我记得那些虚拟中的橡皮筋。我在爷爷的跟前跳着虚拟的橡皮筋。就是想象有橡皮筋，像跟小伙伴玩时那样跳着，一边唱一边跳。我唱着毛主席的某段语录：革命，不是请客吃饭不是做文章，不能那样雅致，那样从容不迫，革命是一个阶级镇压一个阶级的暴力的行动。我越跳越投入，爷爷坐在床沿，眉头微微皱起。

大概后来爷爷觉得皱眉头这样的行为对一个孩子来说几乎无用，爷爷就在我不跳的时候默默走到我跟前，给我几颗红枣，我吃着红枣坐在凳子上，不知是忘记了橡皮筋还是不好意思跳了。

有一阵子和我年龄相仿的堂姐得了急性肝炎，差不多快好的时候她开始在自家的房门外探头探脑，我不由得靠了过去，爷爷又皱了皱眉，用眼睛示意我，我毫不领会。中午的时候，爷爷走到我家，对我对母亲说，她的病会传染，不能靠近。

当时我想爷爷为什么不直接跟堂姐说要跑远路到我家呢，现在想来爷爷是多么细心。不过爷爷不在的时候我还会偷偷地靠近堂姐。

爷爷和奶奶在堂前的桌上吃饭。爷爷通常会烧些别的菜，和奶奶由各家端上的菜合在一起。

爷爷倒上一小碟白酒，抿上一小口，不，一小口都不到，依我母亲的说法是舌尖都没打湿。奶奶把她认为的好菜都留给爷爷。爷爷的嘴里发出轻微的啧啧声。

印象中爷爷很少说话，爷爷和奶奶也很少说话。爷爷奶奶的暮年似乎在不经意中节约着生命的能量，节约到连说话都省掉了，为了彼此能陪伴久一些？

我不知道。

爷爷那年春天去世，奶奶那年冬天去世，他们同岁。

爷爷烧饭的小灶间是穿堂的一角隔出来的，有一个窗对着屋弄。我常常爬到窗口看，里面黑咕隆咚，什么也看不清。爷爷烧饭的小灶间门几乎是虚掩的，也许爷爷也跟我一样讨厌锁门。好像有两次我还进去过那个小灶间，没有惊艳的煮熟的螃蟹，大虾，也没有红烧肉，爷爷的小灶间对童年的我毫无意义。

有一次爷爷发现他烧饭的锅里撒了一层灰，爷爷对奶奶说了，爷爷很生气，但院子上上下下依然宁静和谐。这么一大家子一大群人估计每天都会有这样和那样的故事，爷爷作为人群中的最高首领在他的暮年，在他感到自己没有更多的能力帮到他的子孙们的时候，他更多的是采用沉默，包括时有的不快、疑虑。我从未听到爷爷大声表达生气。在我童年的记忆中这个大院子也似乎没有听到过吵闹声。

爷爷开口的时候我们充满期待。爷爷要讲故事了。

爷爷靠在床头，咳嗽一下，有时几下，把痰吐到痰罐里，气喘一会儿，镇静。爷爷要讲故事了，我们围坐在堂前爷爷床铺的对面。我们满怀期待。

爷爷又咳嗽几声，镇静片刻才开始"从前"两个字。

爷爷的故事断断续续。爷爷似乎不是讲故事的高手，讲过的故事至今我全无印象。只记得爷爷从说出"从前"到下一句总是让我们苦苦等待，故事像不肯前行的老黄牛任凭我们鞭打的目光频频落下也才前行半步。片言只语后爷爷又要吐痰了。

爷爷的故事肯定是没有高潮的，因为他始终斜靠在床头没有激昂时应有的姿态。爷爷讲故事的唠叨拖沓重复似乎也遗传给了父亲。但这丝毫不影响我们围坐在堂前听爷爷讲故事，也不影响下一次我们依然围坐在那里满怀期待地听爷爷讲故事。也许是因为爷爷平时太少说话，或者爷爷本身有着一种神秘，我们期待由这个神秘体自身开启大门，能让我们看到点什么。但显然我们还是没有看到什么。

姑姑说起过爷爷，说从前爷爷开过米行。那时也许人们很穷，或遇干旱大水无收成，爷爷米行的账房留下的只是一堆白条。姑姑用手比画着：这么高，像吃饭小桌这么高的一堆契据。姑姑说爷爷在年终的时候将它们统统付之一炬。

爷爷去世的那年三月，弥留之际，爷爷躺在奶奶的后弄堂，面孔蜡色。爷爷的嘴动了动，像要说什么，但爷爷已经不会说话了。爷爷像是要抬手，似乎又抬不动了，爷爷的眼睛示意着什么。后来不知谁想到爷爷可能要写字，就随手拿起一块貌似硬板纸般的东西，递上一支似乎是爷爷来不及清洗的毛笔，大人们扶着爷爷起身，爷爷的手抖动着，似乎无法书写。爷爷生命的残电像是随时都要熄灭。

爷爷费力地写了半天，蜡色的脸似有汗珠。爷爷终于写完一个像字的字，墨迹干枯，似象形文字。

大人们猜测着辨认着，终究还是不得而知。最后不知谁说好像是房子的"房"字。

大人们说可能是与爷爷堂兄的一起未了的房产纠纷。大人们像是并无太大反应。后来爷爷的这个重要的遗嘱，那块像硬板纸一样的东西估计也不知去向了。大人们忙着爷爷的葬礼。

事实上，爷爷的弥留时间拖得很长，爷爷的眼睛一直没有闭上。听大人们说弥留之时最难过，生之不能，死之将至，前路未明。

那天黄昏，一个穿玄色袈裟面容姣好气度不凡的尼姑出现在爷爷的床头,据说那人也是汤家的亲戚,但从未听大人们提起过。她微闭着眼凑近爷爷的耳畔:阿哥啊,你看到了吗,你正在往生西方的路上,你看到了吗那些白鹤孔雀珊瑚玛瑙……(我看到了紫罗兰)。尼姑用眼睛示意众亲人莫哭,那会干扰爷爷一心前行的勇气。

我看到爷爷的泪水从蜡色的脸颊流淌下来。

父亲人生中的若干片段

1

有些印象是属于过去的。有时我闲得无聊就把它们拿出来，切成细致的小点心，放在午后咖啡杯旁的小碟子里。

当然我这人除了爱想象，还颇有点入侵者的味道。我总是习惯入侵，譬如我会在黄昏时分把自己听得入迷的一段音乐分享给正在忙着赶下班前最后一点活的朋友们；我会在断了十几年后忽然连接上旧友的微信；我还会在父母毫无知晓的时候像影子那样袭入他们如今住的小院。

2

我想象中的父亲又在用干毛巾擦着搪瓷杯。白底红字的搪瓷杯排成一列放在桌上，显得格外的光鲜靓丽、听话乖巧，那是父亲获得大大小小先进的奖品。可不是，父亲还凭着先进的名义当上了人大代表，进了常委会。每次审议开始时主持会议的主任都会看着父亲说，某某同志先说说看法。父亲貌似一脸认真，但他是极度有分寸的。父亲说了几句听起来很甜却不像大白兔奶糖那么腻的恭维话自自然然地收场。在场的人也都笑眯眯，气氛融洽，一派和风细雨。

父亲有点找到了感觉，每次例会后的周末总是心情大好，回家把他一周的大事要事向母亲汇报，语调中带有那么一点炫耀的意思。母亲总是嗯嗯嗯地应和着,后来嗯嗯声越来越轻。母亲大概是睡着了。

3

　　我看到父亲在院子里搭的水泥台板上刮鱼鳞,母亲在院子右侧的厨房洗刷。母亲这边响动了好久,父亲的背影还在台板的那侧,他没听见。父亲是不喜欢戴助听器的。助听器他戴上又拿下,拿下又戴上,终于还是彻底地拿下了。他对我说:喏喏喏,这叫提耳,操耳,醒耳,刮耳,他每天做着健耳操。

　　后来助听器不知藏到哪个柜子的抽屉,再也找不到了。我和姐姐也见怪不怪。这几年父亲常常找不到东西。我们知道东西总在哪个角落被擦得干干净净,包得好好的,就是找不到。有一次父亲在整理房间时摘下一个手表,怎么也找不到。

　　后来父亲说他梦见去世的大嫂说,阿伯,你的手表不是在窗台搁着吗?父亲醒来见手表果真好好地躺在那里。

　　有时我对父亲的话将信将疑。反正在我的印象中,十几岁就学做生意的父亲,已经把那些无伤大雅的小谎话融入自己的血液了。每次电话,父亲总要强调,"我们都很好,你哥也很好,你姐也很好,你姑妈也很好,谁谁谁也很好。"把所有的好都很快地过一边,父亲就匆匆搁下电话。他是心痛话费。而且他说的好里有些可能还不一定真的好。等到开通了亲情网真的不用话费时父亲的耳朵已经不灵光了。电话里一句简单的话都要重复多次,对着话筒像对着大海喊,我再也提不起打电话的劲了。

　　我以为父亲的耳朵是被他的抗生素毁坏的。父亲还殷勤地拿着药服务于母亲——当然这一点值得表扬。还好母亲每每拿药盖仰头往嘴里一倒,药多半漏在地上。父亲扫地有时也会发现几颗。父亲说是母亲落的,母亲说是父亲落的,反正也没有第二个证人。就这样母亲的听力算是保住了。

4

还好,父亲不再像过去那样对我的穿着指指点点。也许,父亲的视力已衰退,不像过去那样犀利了吧。

我记得父亲对我的衣着唯一满意的是侄子结婚的那次:我着一件本色的全毛呢上衣,半裙。当我出现在通往婚礼宴会厅的走廊时,父亲的一声"你来啦"显得异常的清亮有力,父亲的眼睛像遽然增加了电力的小灯泡那样明显地闪了那么几下。

从此以后,我的衣着也像自己不断扩张的心的疆界显得越来越随意不羁,有时甚至连自己都好像把控不住似的,裙裾像要越过身体飘飞起来,飘飞得再也没能让父亲着地的心清凉地安宁过满意过。

我下意识地把毛边的袖口往里塞了塞,至于那顶自己珍爱的有破洞的帽子,早在车辆摆渡时就摘下藏在包里了。

5

严格地说,我这次回来是来陪父母搓麻将的。不知哪一天早上醒来,我像是良心发现:我觉得自己对父母的付出几近零。当然这也要看需求,父母对我的现实需求远比对姐姐的要少得多。譬如,洗脚、剪指甲的事,你行吗?烧饭洗碗当然我也会,但你能把碗洗得既干净又省水吗?柜子里里里外外的几大橱的衣物你能把它们都理出来拆拆洗洗做成椅套、沙发套、电话套、茶几套,甚至大大小小家具的脚套吗?我的心一下又缩了回去。我高高的存在感消失了。

回家的第一夜睡得真沉。不，准确地说我在凌晨两点就醒来了。

凌晨两点左右，我正在梦中找房子，我小时候的房子。我隐约听到了楼梯间的脚步声。

不一会儿我听到又一种熟悉的声音，那是不锈钢电水壶里的热水灌到热水瓶的声音，那样一种浑厚踏实质朴的声音。

我闭着眼，听着父亲的脚步声、手及身体接触各种物品所发出的声音：膝盖碰到凳子凳子不得不移动的声音，水壶在自来水龙头接水的声音，壶盖轻轻合上的声音，当然还有父亲的咳嗽声。不一会儿，我感到水温升腾了，水变得越来越热烈急切的样子，声音压过了其他别的声音。在热烈的升腾过后，声音渐渐地慢下来，归于寂静。似乎像是将要到达和接近真理似的宁静——我的脑子里莫名其妙地冒出这样的一句话。

我似乎变得越来越清醒了。我记得很早的时候父亲躺下就睡着，然后就是呼噜进行曲了。父亲的呼噜像一支小而顽皮的乐队，开始时呼吸均匀，然后跌宕起伏，更惊心动魄的是有时喉管像被什么堵住了似的，好久才冲破某种障碍发出长长的爆破似的声响。我每次听得惊心动魄，像是父亲会在这样的惊心动魄中不再醒来一样。

6

我坐起来，起床了。父亲端着一个木质的托盘出现在床头。托盘上是一杯白开水，一碗桂圆蛋，还有一碗青菜年糕：这是我的早餐。

早餐端到床头是我家的传统。一直来我也习惯父亲把早饭端到床头。父亲把早饭端给我，一是怕我起来晚饿了；二是想吃完早点收拾碗筷。我也料到父亲又会端早餐来，所以匆匆起床。不料父亲的早餐果真又端上了。

以前吃早餐时父亲总是像仆人似的端着盘，我披上外套，后背垫上靠垫，打开音乐，悠闲地享用。以现在父亲的年龄再重现这样的一幕，我会有犯罪感。我狼吞虎咽地吃着早餐。

7

近年来我觉得父亲连喜欢的越剧、京剧都不太看不太听了呢。父亲十几岁就在剧院做学徒，买票，收票，剧终后清场，什么都干。父亲说虽然忙的时候忙，但这样的地方让他愉悦。我想象父亲小小的身子穿过幽暗的剧院大厅，悄悄坐在一角看别人花几角钱才能看到的戏，那是何等的美妙啊！

我有时似乎特别佩服那些做人事的，比如组织部什么的。父亲后来调到老干部俱乐部就是一例。我奇怪的是他们是怎么发现父亲这个人才的，而且把父亲与这么一个像是与他专业毫不搭界的岗位连接在一起，还连接得天衣无缝。虽然父亲依然步履匆匆，但毕竟是不一样了呀。我见父亲走在新建的老干部俱乐部的磨石子地坪上，就像一条自如的鱼游在海里。这时候的那条鱼像是卸掉了重重的压力。

当然，父亲当年亲手缔造的国有食品帝国只剩下苟延残喘的个人承包的副食品批发市场了。我家以前住过的房子的楼下现在脏兮兮乱糟糟地卖着真假混杂的干果糕点。

8

话说吃着饭的一桌人。小圆桌上搁着大圆桌面，桌上的菜挤挤的,冒着热气。父亲按理应该威严地坐在一家之主的位置上,挑一把上好的藤椅,两手这么安详地往椅子的护手一搭。可父亲不是我想的那样。他挑了一把没有靠背的圆凳坐下,在小女婿的坚持下才换了把有靠背的竹椅。竹椅年代久了,坐着会发出吱吱呀呀的响声。不一会儿,姐姐端上来一大碗酒酿桂花圆子羹。父亲像一个称职的服务生连忙起身为在座的舀羹。半晌,父亲又坐下。我感觉父亲的鼻尖有微微的喘息声。

9

我记得以前每次回家都有一个自然而重要的节目,那就是我和父亲的聊天。某个冬日的午后,阳光暖暖地照过来,父亲把饭桌上的鱼刺肉骨分成两碗,一碗搁在花坛的边沿,等着常来串门的白花狗一家子来吃。肉多的那碗是要留给猫吃的。不得不说父亲是偏爱猫的。至于为什么我也不知道。每次白花狗一家前来,父亲总会不由自主地像对家中不太听话的儿子(比如小哥)那样,似亲昵似欺负的训上几句。而猫来时父亲却会露出爱意把预留的猫食放在地上。只有在猫偷食父亲晒的整条米鱼时父亲才会真正痛心似的训斥猫。而猫呢,总是像做错了事的少女或少年喵喵地双眼流转那么几下一溜烟地逃走了。然而过些天来时父亲又会对他们和颜悦色起来。

10

收拾停当,姐姐坐在院子里给母亲洗头剪指甲。父亲这时像是真正松弛下来,把竹椅拉得与我很近,我和父亲膝盖碰着膝盖。然后我和父亲的聊天开始了。

其实准确地说,我只能算是倾听者。说到关键时刻父亲会凑近我的耳朵:为了你姐姐的工作我提前退了三年,不然我工资比现在还要高两千多呢。有时父亲又会说:那么,这时候呢,我想妥了。然后我把上好的海蜇包装好放在了传达室。父亲说的是为大哥单位分房子的事。这个桂圆的产地,桂圆的保管方法,桂圆的食用功效,你妹妹背得滚瓜烂熟了呀。可出题目的人很苛刻,硬是在问题的后头加了一句"为什么"。结果你妹妹的招工考试差了三分。

父亲继续叙述着:那时天已黑,我走在人行道上,看着树上的麻雀在叫。我在等人,等某某局长。这次是为了你小哥的工作。我知道父亲想把小哥留在公司做仓库保管员。父亲得请示上级。父亲成功地在这条道上等着某局长遛鸟回家。似乎那天的气候很宜人,局长心情很好,局长动了恻隐之心。可惜小哥没有领情,小哥他说他不愿在父亲的眼皮底下受罪。然后小哥就到花鸟岛了。

在一旁的姐姐有时会嘀咕一句:说过很多次了。我却总会不厌其烦地听父亲说上多遍。我是真的爱听。

不知从什么时候起我和父亲的这项重要的议程不知不觉中停顿了。有几次我像是记起来这事,想着这事对父亲的重要性,或是我自己想念这样的场景。我在饭后茶余主动寻找着这样的机会。但父亲似乎忘了还有跟我聊天这事了。一阵忙碌过后父亲首先想到的总是麻将。渐渐地,我也打消了与父亲聊天的念头。

11

中饭后我表现得异常积极,把那张厚实的小圆桌往外一拉,四把椅子整齐地排列在东南西北四个位置上。我还从衣橱找来小靠垫放在椅子的靠背上。每个座位的右边放一张小圆凳,用来摆零钞、茶杯及瓜果点心。

我听到楼梯口传来"笃笃笃"的急促的脚步声。父亲把裹着麻将牌的旧毛毯往桌上一摊，麻将牌哗啦啦地倒在桌面。我把滚落在地的几颗麻将和骰子捡了起来。

我家人玩牌是一副怎样认真的姿态？除了我，他们都严阵以待。父亲担负起这个牌局的首领，指挥着所有的过程。他在牌堆里找出东南西北四个牌，背朝上，面朝下摆好。父亲让我、母亲、姐姐分别摸一个牌翻出来，按牌所示的方向坐定。母亲说，坐北朝南风水最好，能糊啊。父亲喉咙底像是有轻微的呜呜声，麻利而急迫地理着牌，一副比赛的架势。姐姐专心地数着牌的对数，生怕漏掉一对。最后父亲把理好的牌加到理得最慢的我面前这一排，然后扔骰子，开始。

一局过后，牌又哗啦啦地推倒重建。父亲和姐姐一边理着牌一边不无遗憾地感慨着自己刚才的牌有多好，有多顺。可不，每副牌结束他们都会这么说，假如他们没和。父亲还翻着理着的牌说，喏喏喏，就是这个牌，马上就要摸到了呀。母亲说，我刚才好像补牌的时候补错方向了，不然我的花还要多，不只是这么一点钱呀。父亲接着说，你这个人啊，已经给你作弊了你还要贪，你还好没有多少文化，不然让你去做官，要贪成金山银山了。这些我听得都习以为常了。

父亲聊天时常说，如果那时我在北京，那么我就是全国人大代表了。如果当时国民党抓壮丁，你爷爷不把我们兄弟三个藏起来，那么我也许是一个不小的台商了。如果我当时跟你念母山的阿姑结婚那么也许……父亲人生中未完成的无数个也许现在都仿佛省略成麻将牌上的各种机遇巧合、天时地利人和诸多因素碰在一起，然后父亲在一次次的和牌中实现了他人生中无数个未了的可能性。

12

　　父亲理想的居所就是在离菜场最近的闹市。父亲想象着自己每天一早拎着篮子一路和熟悉的人打着招呼一路怀着对将要造访的那些小黄鱼、小鲳鱼、小墨鱼等等价廉物美的小字辈的美好的向往走进那个湿漉漉闹哄哄的菜场的。父亲曾不止一次地提起过关于自己和那些小鱼的传奇。总之眼光一定要毒辣精到，对于好的要装出不好的样子来看它们，在它们的主人觉得他们越来越渺小的那一瞬父亲就是这么果断有力地出击的。你想象一下看吧。

　　要不是为了母亲，父亲是不愿意住到这个寂寞的小镇的。母亲总是觉得住在旧宿舍里气闷，有时还因寂寞而垂泪。是啊，母亲是容易寂寞的，跟我一样。或者说母亲是有大把用来寂寞的时光的。父亲没有。父亲把爱一一分与那些食物，那些橘子皮，比如把它们洗净晒干切碎，装于罐内，腌上蜂蜜，还有那些桌子、凳子、椅子，那些衣服、碗、盘子，当然还有那些塑料袋。

　　这以后父母就一直住在小镇。母亲显得越发的精神。小镇的集市虽然热闹，总不及县城菜场的品种多。父亲最近发现这菜场的菜贩子鱼贩子花头越来越透。一天中有几个高潮：早上一个高潮，菜新鲜但贵；中午一个小高潮，鱼少但爆冷门，有特别价廉物美的；晚上还有一个高潮，似乎比早上还热闹了呢。虽然坐车免费，但到底一天中一个来回，拎点东西回家也已经气喘吁吁了。哪里还再两趟三趟呢！以前每天下午父亲总要去老干部俱乐部转转，翻翻报聊聊天，虽然那些桌球、门球、棋类等娱乐活动父亲一样也不喜欢。父亲就是喜欢置身于这样一个热闹的环境，比如在冬日里站在太阳底下，跟谁聊上半天。可现在终究不方便了呢。

13

我走在县城高亭镇的码头边。这里的一切我是多么的熟悉。不远处就是父亲原来的单位。可惜莫奈印象画般波光粼粼的景象看不到了。此时已是夜色阑珊。

我看到码头对面灯火点点，一派柠檬黄的温暖模样。而码头这边的路灯则是冷冷的幽光。潮水涨得有点高但很平静。我在一个铁锚上坐下来。

高考那年，一场突如其来的龙卷风吹走了我的复习资料。那些讲义被狂风肆虐着从窗口边的书桌越过四楼的阳台卷入楼下一户人家的水池里。事后父亲把皱巴巴的讲义擦去了泥，压干，晾晒，总算救活了一部分。

那是我有生以来第一次感到了生命中蕴含着的不安全感。狂风没有丝毫的预兆突然来临。我记得几分钟前自己还在一边看书一边吃着父亲放在桌上的一大盆杨梅。那时，这个岛上四楼算是高楼，没有遮挡，空旷凉爽。就这么突然地卷起了这样疯狂的龙卷风。我忘了父亲是本来就在楼上还是从楼下跑上来的。

在那样的时刻，父亲第一件想到的事是用尽所有的力气把开着的窗和门关紧。我家的房子是东西朝向，朝东朝西都有门和窗，且是相对的。我记得风是从西边过来的。父亲用身体抵挡着门，叫我一起帮忙。我只听一阵噼里啪啦排山倒海般的声音，狂风把我家台板上排列的热水瓶一个个击倒，滚落，瓶胆碎裂，水淌了一地。我的这点力气似乎没有起到多少作用。我甚至感觉当时的自己是朝着相反的方向拉门的。对，我想要出去，逃到楼下。父亲却是死死地用两手抵挡着门，仿佛只要关上了门，就可以把一切灾难挡在外面似的。可惜狂风强悍无比，父亲的门始终在四分之三的角度上徘徊。父亲引以为傲的那几缕波浪般的额发在狂风中象一行草书般的舞动。父亲与狂风搏击的姿势在我的记忆中成了定格。

不知过了多久，父亲的门终于关上了。这可不是父亲战胜了狂风而是狂风肆虐了许久看出了人类确实不是自己的对手，忽然觉得没劲，就撤了。我是这么想的。

龙卷风过去之后，分明刚刚还像是要塌下来一样的天空瞬间变得艳丽无比。我看到了西北方向的大半个天空是一片橘色的夺目的云霞。还在龙卷风余悸里的我呆呆地望着，惊讶得说不出话来。

14

我一边喝着咖啡一边在手机上补写着昨天的日记：

上午很热很蓝的天。我又走到屋后的盐田拍照。拍了很多阳光下自己的影子。傍晚下起雨来。像小时候那样父亲把许多的盛水的器具放在屋檐。雨水滴在铅桶里叮叮咚咚，很怀旧。起先，我还不明白父亲说希望晚上雨下得大一点是什么意思，后来才知道是父亲想让他准备的这些盛水的器具被水装得满满的。

这咖啡的香味似乎开启了我的嗅觉神经。我想到了小时候。

我端详着白瓷的简洁的咖啡杯，又想到了父亲家里的那些碗及坛坛罐罐。通常父亲给我盛年糕的碗很轻，瓷质很薄，碗的底色是白色微微泛青，碗的周身是大红、暗红的花蕾，墨绿、翠绿的叶子，还有几个像螃蟹的形状及像铜钱状的圆圈，总之给我一种富贵茂盛的感觉。碗的直径跟我的手掌一般大。碗心里面一朵小红花，左边刻了一个"三"字，右边刻了一个"恒"字。"三"代表父亲是第三个儿子，"恒"则是苏非爷爷的字。说明这碗是爷爷辈留下来的。碗做得很精致,不像父亲后来买的碗那样粗糙扁圆。不是吗?父亲喜欢买便宜的次品。正是那些残留的次品的印象以至于我成年后一直有一种逆反心理:买能买得起的最好的东西。九十年代初我在南方常买光滑紫色的二十五元一个的进口李子。我痛快地咬着,嘎嘣嘎嘣像是对小时候父亲的那些老弱病残的水果的某种报复。

15

我望着窗外,沉浸在遐想中。是的,那次去父亲公司前,父亲在我心目中一直是神秘和高大的。

我记得自己转学后的某一天去父亲工作的地方,碰巧公司正在开会。那时父亲在县城的副食品公司当二把手。我的印象中是一群人在公司院子里露天站着开会。论到父亲发言了,在空旷的天空下我惊讶地发现父亲的嗓音显得格外地细弱,仿佛话说到一半就要被卡住似的。父亲正在做报告,不时地咳嗽一声。父亲说的大概意思好像是:你们,你们要勤快,要努力,要……大概就是这么一个意思。事实上他自己也是这么做的。我仿佛看到了父亲拉着小推车从沿江码头那边匆匆走过的身影。

我喝了一小口咖啡,不由得笑出声来。父亲仿佛永远是执行者,他一个领导一早拉着推车又是演的哪出?我一路琢磨着想给父亲的事必亲躬找出点合理的解释。父亲一早起床,急急忙忙吃过饭,一般都是站着吃的,然后梳头。父亲总是要在出门前梳理额前的一撮他引以为豪的波浪卷,然后拿一条干净的毛巾掸灰尘。我想那时舟山的空气好得很,天空蓝花花,大海碧悠悠,哪有这么多的灰尘。反正父亲出门前是一定要掸灰尘的。可不,太阳底下那灰尘必定还是有的,这些灰尘仿佛是成千上万个细小琐碎的事情、念头、想法、麻烦、喜悦等等等等,像幽灵似的黏在了父亲的衣服上、身上,父亲在潜意识中想掸掉他们,所以他每天掸呀掸。

16

哼,别以为父亲没有工作能力。我又回到很久很久前。我四五岁的时候,县革命委员会成立。县城正式从东沙镇搬到现在的高亭镇。那次超大规模的游行,镇上男女老少能出动的都出动了,连母亲这样的家庭主妇也出动了。那天早晨,我就在母亲创意番薯饼的香味中早早起床,兴奋地等着看一出大戏。全县的人扮演工、农、兵、学、商,我印象中有腰鼓、彩妆、气球、红缨枪、飘带。苏非张着嘴站在语录牌前看队伍兴高采烈地经过。

至于我的父亲在那一天干了什么,其实是父亲后来自己讲述的。

是的,父亲就是喜欢讲述——这一点像爷爷。父亲也是在某个晚饭后咳嗽一声,开始讲述了。

而我的想象力更是添油加醋地把父亲的聪明才智发挥到了极致。

我的眼前出现了这样一幕景象:

游行的队伍浩浩荡荡地从东沙镇经过桥头、石马岙、浪激嘴,然后过匣口就到了县城的区域了。父亲的公司在沿路设了二十多个摊点,卖的都是早就用纸袋包装好的糖果糕点之类:有油枣,桃酥,芝麻饼,男人用的烟、酒,还有家庭主妇喜欢的黑、白木耳,桂圆,荔枝,以及平时一般买不到的麦乳精、午餐肉、糖水黄桃等等。这一天相当于全县人民集体逛食品博览会。

父亲的故事很长,包括买东西的人怎么怎么了,碰到谁谁谁了,谁谁谁的女儿跟谁谁谁的儿子刚好结婚了,谁谁谁跟谁谁谁又是妯娌了,等等。故事也像游行的队伍一样的庞大,绕来绕去,听得我昏昏欲睡。

忽然,父亲重重地咳嗽了一声把我从梦中拉回。

你知道我们这一天的营业额做了多少吗?父亲在问母亲。母亲装作无知状很好地配合了父亲的表演欲。我知道那时的母亲总能很好地配合父亲的需求,不像现在。

七万啊!

父亲终于说出了这个石破天惊的数字。我也不清楚这个数字的含义。母亲说这么多呀。其实母亲对这个数字的概念比苏非也好不了多少。父亲一个晚上的辛苦描述终于有了结果。我等了一个晚上的结果就是这个七万——这个我弄也弄不懂的七万。我只见过一毛,一元,还有十元。十元数字很大,一整张是大哥第一次赚钱给苏非的压岁钱。

其实父亲的故事还没有结束。父亲说他用的是买一送一。当时的人们似乎都还没有智力识破父亲的买一送一其实就是一起买。而且父亲还把那些生产日期有点久了的食品搭售给这些乖巧的臣民们。

买一送一?无数年后,当大街上到处都在吆喝买一送一的时候,我就想起我幼时父亲的"买一送一",觉得父亲真是伟大啊!

在我的记忆中一年年矮下去的父亲的形象仿佛靠着他的"买一送一"支撑着我的耐心,对,我对父亲阅读探究的耐心。可不能那么说吧。另一个我说。父亲单位的一把手总是背着手,不就是靠他专业军人的身份吗?父亲调到这个公司可是每年实打实创利润的啊!样子再像领导不懂业务有啥用?不然怎么父亲调离没几年公司就垮了呢。那时还没转制吧。在我的质疑和探究中父亲的形象顽强地挺立着。

17

　　我就是这样读着"父亲"这本书。不过父亲充其量是一本中华人民共和国成立早期出版的书,简朴却还质量可靠。书做得还算妥帖平整,就像父亲穿的那些衣服,整洁、无痕,保留了七十年代难得的体面。但怎么也不是我印象中爷爷的范:一席长衫,一顶礼帽,一条手杖,沿着长长的小巷远去的背影,这是爷爷留给我的印象。

　　对,爷爷的那是一本绝版的线装书,古旧、超然。爷爷除了讲故事时说话,平时只是看看你,不说话。哪个孙女孙子以后会怎样,仿佛他有先知先觉,冷不丁会冒出一句:她将来怎样怎样。听说爷爷以前也做生意。但我从没听爷爷说到类似的话题。

　　父亲的话题总是与生计有关,在我看来一点都不好玩。好在我每次都只是旁观者。晚饭后,父亲咳嗽了一声,哥哥姐姐们就齐刷刷地坐在小凳子上了。父亲出题了:六角九分一斤小核桃,买一斤半多少钱? 姐姐每每是最早算出来的。八角八分的桂圆买三斤九两多少钱? 哥哥姐姐们扳着指头抢答开来了。

　　有时父亲还会教哥哥姐姐们包果包。果包是七十年代春节走亲访友送礼的主打礼物。每年春节前后,父亲单位都会举行一场包果包比赛:就是用比那时的手纸还要粗很多倍的黄褐色的纸,里面包上桂圆荔枝黑枣等食品,形状似菱角。哥哥姐姐们学着父亲的姿势包着果包。因为是与吃有关的东西打交道,孩子们显得格外地兴奋,尤其是小哥,他总会故意将果包里的黑枣滚落几颗,从地上捡起来吃。

我似乎从来都不参加家庭的活动。比如,在那场热热闹闹的盖房运动中我始终是个旁观者。好的是我对繁杂的盖房运动也不是太反感。因为中午回家时桌上热热闹闹的剩菜中总有自己喜欢的几样。而大人们也通常对吃得晚,又是从学校回来的孩子多点恻隐之心:菜冷了吧? 去热一下,哦,锅里还有猪蹄汤等等。

　　谁说我不参加他们家里的活动? 我是个倾听者啊! 对,童年的我像个忠实的倾听者。我把父亲的眼耳鼻舌身意都刻在小小的脑袋里了。父亲的背影留在光影里:譬如是那一缕从我家屋顶的天井投射下来的光影;新鲜的没有污染的具有穿透力的光的影。对,父亲就站在这缕光影下。我家的餐厅象舞台,父亲就是那个话剧演员,他慷慨激昂地说着什么。身边还有一个配角,像在劝说。

　　父亲在说些什么呢? 我不知道。直至多年后的现在,我把父亲当时的印象剪接在一块,大致拼凑了这么个故事,不,是推理吧。是的,父亲曾经不止一次地说起过那场大火——那场从山珠头燃起来的熊熊大火。那天,三十出头的父亲围着那条暗红中透出深蓝的真丝围巾。不,假如是冬天,那围巾不妨就厚一点吧,羊毛的。那天父亲调休,正在他小时候工作过的剧院看戏。预示剧情高潮的音乐响起的时候父亲看到了剧院高高的窗口的外面正冒着滚滚的浓烟。随着涌动的人潮父亲游向火光的源头。父亲的眼神可能看起来壮烈得像勇士,连自行车都不敢骑的父亲恐怕不曾想过自己其实也是有那么一点点勇敢的。假如时间地点适合。假如再多点枪炮的声音,一切的勇敢也就不过如此了。

　　似梦非梦中,父亲猛然抬头看到原来是自己负责的食品生产车间起火了。在一次次的聊天中父亲说，这时我已经走不动了，浑身瘫软，由别人扶着。起火的油锅点着边上的竹筛，竹筛上的芝麻，面粉，板栗燃起熊熊大火。那时父亲正是预备党员，再过几天就要转正了。全县广播操大赛正在如火如荼地召开。父亲食品车间的油炸食品本来要在下午三点送达比赛现场的。

对，光影下的父亲在激烈地说着什么。童年的我站在那里，对现在的我说："父亲在说，是我的错是我的错，我不该调休。在革命最需要我的时候我怎能调休呢？哪怕再累！我愿意接受领导的处分。我愿意党延长我的预备党员的考验期。对，延长。"过了一会，另一个童年的我又从另一扇门进入，她眨了眨长长的睫毛。神情冷静又老道。她说："不对。我明明听见父亲的语调是那么的激烈。他是在申辩，在申辩。他说他没有责任。那天他调休。他安排好工作的。他说他向党保证。"中年的我出来说："对。父亲那时一心向着上进，预备党员是多么重大的事情啊！眼看到了转正的时候了，父亲的心情也像熊熊的大火燃烧了吧！"

光影下的父亲激烈地说着，说着，那一缕光线慢慢变淡变黑。大幕徐徐拉上，剧终。我似看到一堆烧焦的木灰。那次事件后过了十年父亲才又重新入了党。

19

那天我在家整理旧物，发现了一封父亲过去年代的信，落款只有月日没年。应该是在我辞职后吧。父亲斜斜的字体像秋风中海岛的芦苇，齐刷刷地向右倾斜。让我奇怪的是，父亲的叙述里没见丝毫的父女情长。除了说到父亲复印了一张身份证马上寄出外，父亲在信里通篇洋洋洒洒说着国内严峻的经济形势，物价上涨，微中小店铺难以为继。字体的斜而潦草以及内容传递的意味像父亲落款中某月的瑟瑟秋意。是的,父亲的信像一篇声东击西表意模糊却也不能说没有指向的后现代小说。我知道那一定是父亲隐忍着对我辞职的强烈不满,劝说着我安稳做事吧。至于身份证是谁的,我要去做什么事我却一点也记不得了。

20

我在那家甜品店一直坐到店打烊。服务员像是整个晚上就陪着我一个人似的。偶尔有几个顾客也是匆匆地买了甜品打包走了。我歉意地买了两个甜麦圈离开甜品店。

晚饭后,父亲像往常一样往水缸里舀着水,把这个水缸的水舀到那个水缸,把那个水缸的水舀到这个水缸。哦,不,平日里这是父亲早晨的功课呢。我也糊涂了。但这又有什么关系呢?

我听着水缸的水发出满足的声音。我看着父亲舀水,拎水,往水缸里倒水。父亲舀水的动作似乎越来越快,越来越投入。我的视线模糊了,像是内心充溢着的什么要流淌出来。我忽然觉得看着父亲舀水的背影像是在看着一个意蕴丰富的行为艺术。

我无限惆怅又像是欣喜似的看着父亲的背影。慢慢地,父亲的背影变成了我自己的背影,像是我在无数个场景和路口彷徨的背影。我抬头望了望天空,幽深的神秘的天空今夜没有月光,只见儿时的几颗星星闪烁。

21

我离开老家后,又像过去那样,在我所在的那个城市像鱼一般地穿梭着。车上的收音机锁定在 104.5:热热闹闹的现场直播的笑声,信口开河的买一送一的茅台广告,好声音,心理热线嘉宾，车友，遛狗，孩子，名叫"春天的那朵"内衣，忽然走来用吴侬软语唱着自编自弹歌曲的啊呜啊呜的木子。那种自找的无厘头的痛苦和寂寞，还是把我感染了。眼泪沿着墨镜的边缘滑下面颊。街上光怪陆离，收音机里颠颠倒倒。我陶醉在荒诞的人生，有点自觉，却情不自禁。

　　我每天活动的场景也在不断地变换着，展厅、画室、商厦或者因某事坐着某个摇摇晃晃的灯光昏暗的电梯到达的某个办公室。每次我走在阳光下的街头都会有一种恍如隔世的感觉，像是太匆匆来不及转换角色。那一刻我甚至想不起来自己是谁，要去哪里。不，现在我要去一个名叫洋葱的快餐店吃饭。现在是中午。

风继续吹

那一年哥哥和嫂子二十岁，他们订婚了。他们属于"新三届"。从此他们可以不用去传说中的北大荒了。

有一天嫂子和家人来我家，在屋弄遇见我。我明明知道他们是来我家的，说到嘴里的话却是：你们去哪里呀？因此，很长一段时间里我都觉得自己愚蠢极了。不过今天忽然觉得自己不怎么愚蠢了，因为那时自己才十岁呀。

嫂子笑笑，表情淡淡的。在我的印象中，嫂子一直是轻声的淡淡的表情，像是从来没有大喜大悲。只有一次，我放学看到嫂子把侄子从摇篮抱起，垂着泪。母亲说侄子体检出来心脏有杂音，后去上海检查确认无碍，嫂子重又恢复平静。

那时嫂子像是在一家小镇的药厂上班。印象中她是不骑自行车的。每天早上出门中午回来，吃饭洗碗抱孩，下午又上班下班。我猜她是来回走路的。上班的地方到家估计得走半小时。童年的我看似极平淡轻松的嫂子的生活，现在想来也是累的。只是嫂子把它处理成了无声无息。

嫂子在家是独女，我猜她在家中是有分量的。因而在童年的我的眼里嫂子才得以如此淡定，从容。

一个早晨，姐姐打来电话说嫂子体检出身体有问题，要去上海手术。那一年嫂子大约四十六岁吧，离我童年那时已过去了几十年。嫂子做的事一直普通：小镇药厂工人，县城百货公司营业员，市级某单位公务员。但嫂子平静中总怀着对当下生活的满足。我对嫂子的这种满足像是极为敏感，因为我做不到。言谈间我总能感觉嫂子身边人对于她的平凡的尘世生活的无比留恋。

嫂子躺在病床，像过去那样安静。我坐在床边，用棉签蘸水涂在她的唇间。她极其虚弱，唇燥，刚刚做过胃部手术的她不能进水进食，只能舔一舔留在唇间的那一点滋润。此时嫂子的眉宇微微皱起，嘴角却露着笑意。她轻轻地说着什么。当嫂子胸口抖动，极力克制着将要爆发的咳嗽时，我拍着她的肩，递上折好的纸痰盂。吐过之后嫂子重又归于宁静。午后的一缕光线留在嫂子的白床单上，嫂子的眼眸闪动着。

大约第二年，我带千惠去哥嫂家看望正在养病的嫂子。嫂子很安静，其实嫂子也很健谈。她用她的方式数落着她身边最亲的人们：

小家伙小时候动物玩具玩好，嘴里一边咀嚼着，一边整理。小伙伴列在一旁看着他咀嚼。我说，你倒是给人家分享点呀。嫂子说着侄子小时候。他呀，玩具玩好整整齐齐摆到盒子里，原封不动。

我去倒药渣，在小区碰到熟人，聊着聊着聊久了，也忘了时间。天下雨了。他拿着伞来了，劈头盖脸一顿责怪。他呀就是这样。哥哥是急脾气，刚结婚时嫂子母亲因为嫂子找了这么一个急脾气的人怕自己的独女受委屈，默默垂泪。嫂子淡淡地说，这有什么好哭的。他要把家里的角角落落都弄得一丝不苟，他以为的完美。嫂子说，他一定要自己铺地砖，花纹图案细细琢磨。每天铺几块，慢工出细活。他自己倒是不着急了，但我们急啊，下班回来家里像个工地。嫂子淡淡地描述着，像是数落像是赞赏。她说着哥哥。

萝卜炖肉骨头香啊,这是我们姐弟小时候最爱吃的菜。那年弟弟调杭州工作了,节日里想起母亲的萝卜炖肉骨头,直奔母亲家。那时母亲七十多了。萝卜肉骨头的火候没有小时候的到位,汤也有点咸,但一家人团聚开心啊。嫂子说着她最喜爱的小弟。

不知怎么说到洗碗机。千惠一听洗碗机哈哈笑了起来,那是把碗放到像洗衣机这样的机器里吗,搅搅不全碎了吗?嫂子和我也笑了。平日里,嫂子总是能把现实中看到的听到的东西都拿来温和地调侃一遍。似乎在嫂子的眼里这世界是一个非常有趣的万花筒,轻轻一转就能看到不同的景象。嫂子似平静似欣喜地望着里面,看不够。在嫂子家的那几天大概是我和嫂子这辈子聊得最多的一次。

刚检查出毛病的时候嫂子眉宇紧锁,拒绝着抵触着几十年岁月静好后老天带给她的这个恶作剧式的安排,渐渐地嫂子接受了配合了,安静地期待新的转机。嫂子的眸子总是闪动着光,凡是有光的地方嫂子都会不由自主地回过头去,注视、凝望,无限留恋。

然而嫂子终究还是扭不过命。弥留之际,嫂子疼痛时会把被子踢翻,额头渗着汗珠。姐姐说,忍了这些痛让毛病全部消失了你愿意吗?愿意啊!嫂子暗淡的脸中眸子又闪亮起来。

最后几天,嫂子颗粒不进,哥哥每天让人给她挂进口白蛋白。白蛋白是自费项目,嫂子拒绝。哥哥用他那特有的朴素又不中听的语言表达着他的意思:我总不能看着你活活饿死啊。白蛋白是维持生命能量的基本营养。最后时光,哥哥多年积蓄的存款都用在了嫂子的白蛋白上。哥哥节约,甚至节约到离谱,但在关键时刻他知道将有限的资金用于何处。虽然嫂子的病无药可治,但生命的延续对亲人的意义无法用言语表达,也无法用来学术探讨,诸如:让病人痛苦地活着是否人道有意义这样的话题。哥哥应该也明白,嫂子的眸子里闪动的光就是对尘世无比的留恋。她真的不想离去。

那天凌晨,一夜未睡的侄子突然胸口狂跳,几乎是窒息般的一阵难受。几秒钟后嫂子离世。也许那是母子最后的告别。他们俩在人间的缘分就这样完成。

姐姐电话过后,我一边准备行李一边听张国荣的《风继续吹》,我想把这首歌送给嫂子,那首像是恋恋告别又不舍的曲子。

嫂子遗容安详,化了妆,与平日不同,在我看来,像是嫂子人生中最隆重的时刻。我握了一下嫂子的手,冰冷、物体般。

司仪在宣告着嫂子行程携带的所有物件:玄色呢大衣两件,两用衫三件,衬衫五件,灰色长裤两条,帽子两顶,棉毛裤两条,手套两副,梳子一把,围巾若干……司仪每报一次都会问一句:有吗? 在场的众人回答一句:有。

这是跨越时空的告别呀,务必清点仔细,不可遗漏。站在我前面的是嫂子的弟媳妇。随着所报物件品种的增多,司仪语速的加快,嫂子离别的时辰越来越近。我心跳加快。我看到嫂子弟媳妇眼中的泪水开始一颗颗地滚落下来。周围唏嘘一片。追思会上,嫂子最亲爱的小弟致着朴素的悼词。我记得他说道:姐姐一生平凡但又不平凡。我看到嫂子的照片挂在那里,她穿的是单位的工作服,这像是嫂子一生最高的荣誉。

嫂子就这样化作一缕青烟消失了。从殡仪馆出来,亲人们来到哥嫂家,遵习俗,嘴里含一口水咽下。母亲大哭了一场。在民间常常听到置办丧事人家传来的大庭广众之下说唱般的哭声。母亲是一个人在哥嫂的房间里哭的。我听到母亲哭声里包含的无限惋惜。

多年后，一天早上父亲说他梦到嫂子了。他说嫂子在小林嶂的一个寺院做会计。这是父亲的美好理想。他希望嫂子依然像过去那样安静地生活着。

过了几年，父亲又做了一个梦。梦中嫂子对父亲说，阿伯，你不是说找不到那块手表了吗？就在院子外那个窗台呀。父亲果然在窗台找到了手表。

又过了几年，侄子结婚了。亲人们聚首，场面热闹又温馨。嫂子的父母也来了，安静地坐在酒席的一角，似喜似悲。我想他们一定想起嫂子了吧。

绿　杨

她出生于农历三月，芳草依依时节。她是我姐。

绿杨是爷爷起的名。

爷爷当初随意的一笔，汤氏家谱又添了个春风拂面般的人儿。据说人的名字总和性情相吻。

其实绿杨身份证名字叫乐霞。舟山话中这两个名字的读音是一样的。乐霞是姐姐自己改的。我不得不说这一改改得极不文明，辜负了爷爷起初葱绿曼妙的深情厚谊。

好吧，我还是叫她绿杨吧。

传说中绿杨小时候的故事总让我听了有一种说不出的感觉，像是一种发自心底的难过。我难过什么呢？不知道。反正我想象中的孩子不应该是绿杨这个样子的。

是的，传说中绿杨小时候懂事得离谱。有时我宁可怀疑传话人——我母亲描述的真实性，也不愿意这个听话的孩子真的是我姐姐。

大哭胡闹调皮捣蛋任性贪心自私，我见到的孩子大抵是这样。在我的印象中似乎这样的孩子才像是真正的孩子，因为不善于掩饰的童年才会把人性的本能暴露得一览无余。

而她偏偏被我母亲和别的亲戚描述得温良无比，以衬托我的难弄与养尊处优：见了陌生人眼睛总是不冷不热地盯着，或者随便坐在屋子的一角，通常是在有木屑和树枝的灶头间，一声不吭,想入非非;动不动被大人一启发就哭,比如:某某要哭了要哭了,然后就"哇"的一声哭了出来;饭碗里总是有剩余的米粒,在米饭珍贵的年代这也是一大毛病;等等。总之我的出现像是为了反证绿杨有多好。

母亲说,绿杨三岁时会生煤球炉子。

编,继续编。

是往炉子里扔几个松果还是用蒲扇跌跌撞撞扇几下煤球炉子的通风口,扬起一阵灰?

那么所谓的扫地呢? 是拖着一把大竹扫帚把地上的灰尘弄出横七竖八歪歪斜斜的痕迹吗?

绿杨小时候长得白面团团,关键是一双温顺的单眼皮小眼睛总是那样清澈地与世无争地看着你。而今这双眼睛周围的肌肤有点像揉皱了的丝绸,一不留神还洒下了细细点点岁月的小黑墨水,但那温顺与世无争的神情一直没变。是的,你要仔细看,盯着那对小湖泊,水面风平浪静,即使黯淡也只是周围丝绸布上的黑眼圈而已。

绿杨总是以一副母亲的口吻说起我的童年:

脸上肉嘟嘟,向日葵般的花衬衫拴在蓝白格子背带裤里,束着手,看着我们劳动。

绿杨说的劳动是捡树叶。捡树叶,多么美妙的词呀! 或黄绿或干枯的树叶铺满地勤兵部队营房边的那条干枯的沟里。绿杨和哥哥们大把大把地把树叶捧进竹筐。

这又是我的错觉。其实,沟里的树叶并不多,三三两两捡树叶的孩子倒不少。那时,树叶是家家户户烧饭做菜的补充燃料。绿杨和哥哥们得像收集羽毛般地捡拾着它们。所以,在绿杨的描述中捡树叶的活儿听起来十分不好玩。

午后，我跟着绿杨和哥哥去一个地方，估计就是捡树叶的地方。我像是听到电线杆下面发出嗡嗡的声音。我蹲下身把头贴近水泥电线杆。

哥哥说里面的声音是老虎的喘气声，我确信无疑。我远离，又害怕而好奇地凝望。

那时的绿杨在干什么，我想不起来了。我像是没有听到绿杨的声音。她在捡树叶吗？她一定在埋头做着她认为重要的事情：一瓣一瓣地捡着树叶。

做了这些重要的事情，母亲的脸上一定会有满足的笑容。绿杨想到这里，竹筐里的树叶像是变得格外的亮丽起来，连枯叶也似乎一下子复活了跳动起来。是的，绿杨想到了母亲油亮的额头上冒出来的光，而母亲额头以下绽放的笑容呢，绿杨似乎更喜欢带着神秘用某种想象来完成它。

而我现在更想知道的是那时绿杨眼里看到的除了落叶还有什么，比如天空，天空飞过的鸟或者麻雀，一阵风，肌肤上曾经停留过的那阵风的清凉，或者树上的花，哪怕是枝叶黏黏的臭臭的夹竹桃。

如果没有，如果那个十二三岁的绿杨小脑袋里有的只是那些树叶或者松果，或者想象中炉火冒出的火苗，我则又要难过了。

我是在为曾经晴朗过的天空难过吗？我是在为那个不曾抬头伸懒腰的绿杨难过吗？

神经兮兮的。我像是听到那时的绿杨朝现在的我这么轻蔑地哼了一句，或者是继续像母亲般地描述起我的童年：

总是跟着我去上学。先是坐在课桌的一角，然后慢慢地把同桌小男生挤出课桌外，因为他拖着长长的鼻涕。

那么,老师呢? 我问。

我想到了一个场景。妹妹从山坡跑下来,那年绿杨十八岁,妹妹六岁。这段记忆是否在妹妹的人生中留下深刻的印象?反正在我的想象中妹妹足够兴奋。是这样:那一年妹妹来到绿杨工作的地方,那时绿杨在靠近岱山鹿栏晴沙的一个生产队做出纳。

鹿栏晴沙在我的想象中是一个北风吹起来呼呼响的地方。我像是压根儿没想过要去那里。我宁可待在某个我以为安全的地方想象着妹妹与姐姐的汇合。所以后面描述中的妹妹究竟是我想象的还是姐姐说的我就不清楚了。我想像童年的自己在灶头间添着柴火,故事情节像火苗般跳跃。

妹妹穿着姐姐做的花连衣裙,暖色的碎花,心花怒放。妹妹从山坡上跑下来。妹妹脖子上挂着新鲜煮熟的花生串起来的珠子,还有染了红的熟鸡蛋。绿杨远远地在一旁看着,充满母性。

兴许我要说的是另一些场景呢。比如在农历二十三以后这样忙碌的时刻,母亲忙着用冻得红肿的手切着鱼肉、蒸团,除尘,祭灶,祭祀。母亲把杀好的鸡和大块的肉放到大锅里,用镊子除着鸡和猪肉皮上的毛⋯⋯

总之在这个一年中最忙碌兴奋的时候,我开始发挥我的作用,我把忙碌的绿杨引向我的幻想王国,那个被称为八尺间的温暖的远离繁忙主旋律的地方踢毽子,你一个我一个,双脚交叉踢,直到花棉衣里的身体冒出热气,直到母亲在外面大声地抱怨地喊叫起绿杨。

绿杨溜出门,我紧随,闻着整个屋子里五味杂陈的香味。屋弄里晾着冒着热气的团子,我在上面点着红印,点了有七八个,我开始不满足那千篇一律的中间一点,开始两点三点各种点,直到被勒令免职,我又回到灶前,琢磨在大鹅蛋壳里弄点水煮糯米饭。

绿杨是不是也有哭泣吵闹顽皮的时候，绿杨自己像是全然不记得了，她把自己也当成一出生就肩负着家庭重任的主角。

绿杨说，不不不，我从来没有吵闹过没有哭过也没有被大人打过。但怎么在我的印象中明明看见有一次母亲拿着鞭子或鸡毛掸子追赶着姐姐，我看见姐姐躲在门后，确切地说是父母房间后面的门，后面还有两个小床，我像是见到姐姐情急之下的神情，紧张得手脚并用，像是感到了棍棒落在身上的疼痛。我觉得这样时候的绿杨有点可爱。

记忆中小时候的我像先哲般地注视着姐姐，不奉劝不行动，不惊讶不包容。我简直是存心想看一场大点的戏，以打发我平淡的生活，或者是我潜意识里想看另一个姐姐，这样的姐姐像是孩子般淘气，令我神往。不过绿杨至今否认，我开始怀疑记忆中这样的镜头究竟是确有其事还是我凭空想象。

从我记事起绿杨似乎做过很多事：生炉子，扫地，生产队出纳，食品厂包棒冰，包糖果，在家里糊食品包装纸袋，食品公司孵坊室管理员，供销社职员，个体工商户。姐姐的最后一份工作是副食品公司职员，那是父亲费了很大的心血为她谋到的一份铁饭碗。我想象第一天上班的绿杨一定会长长地舒了口气。然而，没过两年，小县城就迎来了浩浩荡荡的国企转制的热潮，姐姐终于又沦为了我向往的自由职业者。

有一段时间我经常去食品公司的孵坊，绿杨在那里用电灯照着一个个鸡蛋，确认哪些蛋是有孕的。

绿杨日夜操心着一个个鸡蛋的孕事，探究着一个个鸡蛋的爱情故事，这不免有点滑稽。反正绿杨在幽暗的孵坊与那些鸡蛋形影不离的日子我像是常常愿意想起，也许是我潜意识里发现了绿杨在凝神贯注中的那种宁静。我想，这正是她想要的生活吧。

绿杨有一段时间在当时我任教的学校附近枫树墩供销社做营业员。供销社是一排旧灰砖房，门口有一条河。河水似乎不怎么清，常见有人在那里洗衣提水。当我在日夜想着离开那个山清水秀的地方的时候，绿杨倒像是很享受那样的生活。三三两两的村民跑来买东西，肥皂、白糖、香烟。绿杨同他们打着招呼，与店员聊着天。村民们会在每个季节送来时令食品、蔬菜：青饼呀，土豆呀，番茄呀，扁豆呀，枇杷呀，桃子呀。

姐夫出现了。姐夫是怎么出现的，似乎毫无预兆。姐夫首先是我父亲看上的。父亲总是与母亲说起关于姐夫的话题：他来了他去了；准备怎样的点心给他了。总之喜欢一个人就是这样。

那么绿杨呢，她是不是喜欢姐夫，姐夫是不是喜欢她，我至今都找不到确切的答案。我的超级敏感的第六感似乎没有能捕捉到关于他们之间异常含情脉脉的神情。只记得有一次绿杨和姐夫出现在我的寝室，像是在帮我整理被子。

绿杨穿着军绿色的涤纶外套，肤白，圆脸，慈眉善目，他们说笑着，唠着家常，亲切，平淡。

我似乎有点不大满足。虽然绿杨像是很满足。

我像是执意要在记忆中搜集绿杨妖娆的少女情怀般的神情。

我忽然想起绿杨念初中时的情景。那时我们家盖楼房，是我伯父女婿找的建筑班子，其中有一个精干的小伙叫罗文，似乎帮忙做小工的女孩们都喜欢他。

有一次，姐姐和几个女孩靠在一个旧木门边，说着什么。天似乎有点暗了，仨俩女孩开始窃窃私语，那种神情和向往着什么的模样令我至今难忘。我想她们一定是在谈论着这个叫罗文的男孩。

是的，一定是的。我像是知道绿杨的心思，在那个忘了是什么季节的傍晚，在那个木门边。

我觉得这是我捕捉到的绿杨人生中最美好的时刻。

最美好的时刻可以是这样吗？它是被荒废的，是期望的，是得不到的。就是那样的一种时候。

我有点怀念那个晚上的绿杨了。

我把那个晚上的绿杨想得有点妖娆，是一种单纯得无法再单纯的妖娆。

那是舞蹈着的绿杨。我看到绿杨在舞台上跳舞了。那个叫什么来着的歌，长白山上？延边人民？绿杨穿着朝鲜服，广袖飘舞。

绿杨在离我家不远的学校舞台跳舞。那个晚上我早知道绿杨要去跳舞，一直跟着，想随行，绿杨似乎是在上厕所的时候溜走了。绿杨甩开了我，我肝肠寸断。我想象着绿杨舞蹈时的美好。

其实绿杨不一会儿就回来了。是的，她总是想着母亲是否又在叫她等她了。

关于绿杨的出嫁和婚礼，我怎么一点都没有印象。据说记不得的是潜意识里不希望发生的事。绿杨出嫁时穿什么衣服，场面怎样，办了几桌酒席，我都不记得。但总之绿杨是结婚了。

绿杨做个体户时我已经大学毕业，在酒坊教书，我记得绿杨起初的服装摊摆在高亭镇沿江路上。

那些在百货商店买不到的新奇服饰给我平淡的生活以极大的冲击，我至今还能记得我曾经喜欢过的那些服饰：白色西服，黑色西裤，淡绿色的羊毛连衣裙，黑色马裤，水红的高姿领衬衣，白色萝卜裤，白黄蓝相拼的宽松衬衣，鸭蛋绿的宽松风衣，还有鞋子帽子围巾。

　　我几乎把每月一百多元的工资全部投入在了这些服饰中，它们陪伴了我不曾自由却想飞的青春。有的服饰如今我的学生们依然记得，津津乐道，那些服饰激活了当时海岛偏远地带孩子们的想象。这样想来绿杨的服装摊真是意义非凡。

　　如今在绿杨家里的某个角落，或我母亲家的椅子垫沙发垫不时地会有我熟悉的颜色和花纹映入眼帘，让我想起我曾经美好时光的幕后策划人：我的供应商——绿杨。

　　而绿杨天天置身花红柳绿的服饰中，似乎岿然不动。我记得的倒是父亲去厦门给她买过的两件旧外衣（有一阵子沿海城市流行国外运来的旧衣服）。有一件印象特别深：蓝底白花的连衣裙，绿杨穿起来很娴静。

　　那时的服装小商贩除了会做生意，还要有力气。力气是用来配货的。仨俩人坐船到上海、宁波或大陆别的什么城市，然后一大袋一大袋的衣服，整匹整匹的布料都是自己扛着背着回来的。

　　如今，每当我经过那些有着稀奇古怪名字的服装店，看到那些店主们听着音乐，收着快递来的货物时，就会想起绿杨那时配货的艰辛。当然，渐渐地店面都不需要了，线上接单，物流送货，世界变了。

　　那一天，绿杨要去配货了。晚上的上海客船。

　　客船的汽笛响过几次后绿杨背着包走下楼梯。

　　天很暗。外甥女大哭。

　　印象中每当那样的时候，总感觉绿杨的出行有点悲壮。

　　一两天后壮士背着布匹凯旋了。几年后我看到绿杨把满满一抽屉人民币装进布袋。绿杨做这个动作的时候像是特别的坚决，没有一丝的犹豫。

绿杨把婆家三间平房的其中一间和院子里的一块空地改成了一幢两楼两地的楼房,整整花了半年时间。我像是听到绿杨在工地现场忙进忙出,步履轻快,空气里弥漫着生机。

楼房很高,厨房很大,客厅里有黑皮沙发,房间有结实的地板,楼梯间的斜坡有厕所,这也许是八十年代小城的理想住宅了。

绿杨用一整间房间做了佛堂。念佛的时候绿杨穿着黑色袈裟,全神贯注。

绿杨像是从此找到了她的美好生活。

那么,姐夫呢? 姐夫像是做过很多事情。那个被父亲所欣赏的姐夫——事实上父亲没有看错——姐夫确实能做许多事情。小学毕业的他学会了高等数学。在我的印象中,凡是称得上产品的东西姐夫都能研究并把它模仿出来。

姐夫就一头扎进这样的迷恋中:制造玩具,制造出口沙滩椅,制造金刚玉砂子,开各种模具,还有做蟹笼,做铝匠。

姐夫的迷恋还是有代价的。每一个工厂的开始和结束都会在绿杨苦心经营的宁静中扔下一颗大石头。

有一天真有一块大石头滚落在了绿杨的脚踝上,绿杨负伤了。绿杨是在姐夫的工厂负伤的。厂房租用在绿杨新楼后山的部队营房。有一天山上滚下的一颗大石头刚好落在绿杨的脚踝。

伤好后绿杨开始跟随姐夫外出了。姐夫终于甘心被别人的工厂雇用了。那是九十年代末,姐夫拿到了十万以上的年薪。

他们就这样在余姚待了几年。日子过得很宁静。

那次我到余姚看寄养在绿杨和姐夫那里的千惠。见千惠骑在姐夫的脖子上,绿杨提着菜从菜场回来。

他们临时的家没有黑皮沙发没有大厨房,是一套毛坯的水泥房。我只记得饭桌边倒立着一个水泥空心砖,做吃饭凳子用。这个沉甸甸的水泥空心砖立在那里,似乎并没有给我带来丝毫的不快。它稳稳地朴实无华地在那里让我感到踏实。姐姐买菜做饭带孩子,生活有序,他们出门时像是一家三口。那时他们的孩子已经上大学了。

可是这样的时候并没有持续多久,姐夫只是倦鸟归林,休息了一会儿重又出山了。姐夫又去办厂了。

在自家四面环山的背景下过上安宁富足物产丰饶的生活,兴许家里里里外外还塞满东西,这就是绿杨的理想,可是满怀创业热情的姐夫总是一次又一次打破绿杨小国寡民式的梦,姐夫永不停息地奔走就像是姐姐的宿命。

不知从什么时候起,绿杨开始站在女儿家的佛前祈祷。祈祷女儿女婿外甥女父亲母亲哥哥姐姐弟弟妹妹亲戚朋友当然还有自家的男人。绿杨要祈祷的人实在太多。

绿杨的女儿英小时候坐在其父的嘉陵牌摩托车上忽然自言自语:我以后一定要做老板,你们看我的吧。

英没有成为老板,倒是成了老板娘。

随着绿杨佛前祈祷的深入、持久,女儿家的生活似乎真的好起来了:有了大房子,有了豪车,有了公司。

绿杨每天礼佛后的回向开始从保佑具体的人到祈愿国泰民安。据说回向越大福报越深。绿杨深信不疑。

绿杨慈善纯净的小眼睛常常望着天空,像是看到了传说中的观音菩萨透过云层露出佛光。

女儿家的公司越来越多,车子越来越多,绿杨耳朵里听到的事情也越来越繁杂。

一早,绿杨忙着给佛堂敬香进水上供品,忙着烧水,忙着做胡萝卜煎饼,忙着为每个家庭成员盛上红枣生姜鸡蛋汤。

小外甥女光着脚哭喊着从房间跑出来,绿杨一边念念有词一边给小外甥女穿衣梳头喂饭。

快快快,自己把鞋子穿好。

不要这个我要绿的那双。外甥女把鞋子扔进马桶。

绿杨喘着气打着外甥女的手心。外甥女哭得声嘶力竭,被关出门外。

然后开门,讨饶,保证。然后又重犯。哭了笑了。周而复始。

按理,这样的生活家家如此。

然而绿杨想要的安静似乎离她越来越远了。

而此时,姐夫倒是心安理得地在女儿所在城市的一家企业做了十年的技术骨干了。闲聊时他还是颇感自豪,因为他的人生没有遗憾,他在大好的黄金时代把自己想做的事统统做了个遍。

而绿杨呢? 只有当夜深,孩子睡去,这时的绿杨才像是得到了片刻的安宁。

绿杨打开手机在亲属群转发养生小文。绿杨是坚信那些养生短文的神妙的。绿杨还说,我写的文章她每篇都看。那是出于怎样的初衷呢? 只能说绿杨本来就是个爱读书的好孩子,只是被不小心塑造成爱劳动的好人,就像传说中公而忘私的英雄。

然后英雄终究还是属于她自己的,就像绿杨属于她自己一样。算算这一年绿杨姐已经六十有一了。

绿杨常常在难得的空余时光唠叨她一生的理想:一份安稳的工作,生活规律,钱不多略有余;安静地理理家务,擦擦桌子。虽然绿杨并不是什么理家的好手,她打理的家总是杂而无序。绿杨到我家就会把我的沙发、电视机、冰箱蒙上布,甚至把碗碟搬到我的书架上。我至今都不弄明白绿杨这么处理的逻辑。绿杨搬好东西里里外外擦上一遍就开始安居乐业,烧饭做菜,这就是绿杨的人生。

女儿女婿的事业正以一种不可阻挡的力量向前扩张着。绿杨却连想知道每年究竟赚多少钱这样的愿望都无法实现,因为据说一旦事业做大你永远算不清自己赚了多少或有没有赚。

那天姐姐忽然自言自语,说姑姑大儿子去世七十二岁,绿杨帮他算出来的寿命也是七十二岁。

绿杨沉默了。绿杨说,她自己算出来也是七十二岁。绿杨像是确信这个神秘的数字。

那天外甥女说,绿杨回去了。

绿杨回到了她自己亲自盖的那个楼房, 几十年下来楼房内里斑驳。前十年房间租给岱山中学高考生,每间 100—200 元。陪读重要的是烧饭,于是绿杨宽敞的厨房被几户人家一分为三,送走了一批批金榜题名的学生,留下了一堵油腻腻的墙。后十年房子空置。那时姐夫稳定了,女儿工作了,绿杨也有了退休金。说到退休金,就要说到绿杨的工作,绿杨做临时工多年,后到副食品公司,两年后国企转制,绿杨跟随姐夫走南闯北,最远到深圳。

绿杨回到了老家,刷门弄墙,像是要过回自己的生活。好吧,绿杨,我决心不再像小时候跟随你,我将远离你,远离你。因为我深深明白唯有远离才是给你最好的礼物。

然而,我想知道的是,你真的离安静很近了吗? 我怎么觉得无处找寻的宁静才像是你的宿命。

天空不留痕迹　鸟儿却已飞过

　　八十年代初正是诗歌盛行的年代。与 Y 君的认识也是因为诗。Y君高瘦,一双黑色的平底布鞋踩在校园落下的梧桐叶上。我很清楚,那些声音不是 Y君鞋子发出的声音,那是落叶的声音。Y君眼神忧郁,望着远方、天空,我猜想 Y 君的忧郁不是来自现实而是来自内心住着的另一个自己。

　　当年在上海某大学就读电子仪器及测量技术专业的 Y 君就这样爱上了诗,那是一个文学氛围浓厚的大学。Y君就是那群爱好诗歌的工科生中的一位。

　　也许 Y君爱诗爱得有点失魂落魄。从 Y君的书信和交谈中我似乎越来越感觉到 Y君对自己所学专业的倦意了。Y君究竟是因为学业的压力还是无法自拔地对诗的痴迷使得他常常迷茫,我真的不得而知。对,Y君喜欢用"迷茫"这个词。

　　我似乎想把 Y君的那段历史拉回到某种我以为的客观模式。返回一种历史的真实,这可能吗? 其实我根本无心去找这种真实,我也不相信只有一种可能的真实,或者我根本不需要某种真实。我说过我只有记忆和感觉的碎片。

　　Y 君把几本诗集(我记得有一本是海涅的)用灰蓝色的画报一一包了起来,交给了我,还送了我一对在实习时制作的铁板书架。

　　从闲聊中我得知 Y 君的父母都是当年上海的知青, 在新疆某生产建设兵团。

某一个暑假，我收到 Y 君的一封信，说他已经离开学校，远走他乡。

他说那年某月某日的某某日报报道过他退学的事，名为：一位大学生自我价值的……最后一个词也许很关键，但我想不起来了。失落？破灭？幻灭？

对，好像是幻灭。

我们不曾幻灭过。我们每天都在幻灭。

在今天看来，一位大学生退学，重新选择自己喜欢的专业这很正常。但在当时却是非常严重的事情。因为首先大学不好考，你再去考考看？那我不考。但没有档案分配编制。你被远离到体制外。你去写诗吧，写得天昏地暗那又怎样。

我不知道 Y 君不喜欢自己的专业究竟到了怎样的田地。顺利毕业分配在上海，这对于 Y 君的父母来说也许比 Y 君自己更重要。

Y 君的这封信只有寥寥几句，信纸似乎是一个练习本上撕下来的。

也许 Y 君当年背着行李，匆匆从练习本上撕下一页，草草写就。我似乎读出了 Y 君当时的匆匆、留恋以及对未知的前路的向往和迷茫。

Y 君的字不大，不是那种刚劲和有力的。字与字相连，绵延，那是表达情绪的一种字体。如果 Y 君愿意，估计这样的字体能够流淌出潜意识。

那时我想着要去西藏。其实到现在我都没有到过西藏。

请不要离开江南，我无法说清楚我对江南的那种依恋。Y 君说着，他离开了江南。

某一天我在博客看到一条留言，说他就是当年那个 Y君。

某一年春节我在温州，接到一个陌生的电话。过几天电话里的那人说他就是 Y君。

如今老了，开始怀旧。Y君说他在网上找到了我。

清明节那天我在上海，我来看你吧。Y君说。

清明节三个字让我想到漫山遍野的野菊花。

我们没有见。

我要去草原给牧民们的动物当兽医。当年的 Y君这么说。

挺好的。我也喜欢羊。我很愿意羊们得到好的关照。

哎，Y 君为什么要当兽医而不是给牧民治病呢？那是 Y君的悲悯点降到了更低吗？

其实这几十年 Y君没有去当兽医，Y 君在短信上概括介绍了自己几十年的经历，大概三两句话吧。

Y君说他现在在当地的一个省级党刊工作。女儿在北京上学还是工作（忘了）。

Y君的大致意思是说迷茫了相当长的时间。"相当"长究竟是多长？我不知道。现在好了。好了又代表什么我也不知道。

应该是平静吧。

直到某一天忽然想起 Y君和 Y君曾经的迷茫，理想，虚无，自由，意义。我想写 Y君了。

我把提问提纲发给 Y君。

Y君说，因为时间久了，你拟的好多问题似乎不那么真实，是我经历过的？或是我们曾经交谈过的？可能年纪大了，对过去的忘却在潜意识里顽固地存在，但似乎又让我找到过去的记忆片段，揭开隐秘的伤痛。

我说，也许是存在于不同人记忆中的错位。反差越大是不是一个人变化越大？我好像许多想法都没怎么改变，只是延续。也许你是重新找到了一套价值体系。

是的，我常常怀疑，怀疑自己记忆的创意或者叫篡改。但我像是坚信我印象中Y君说过的话。

比如他说到虚无。Y君说，在他们生活的那个地方，经常会有孩子自杀。他还说到了一个小伙伴的自杀。他描述着当时的场景和事件。然后他说道，他在很小的时候就感觉到人生的无意义和存在的虚无。

我像是看到了一片茫茫的戈壁滩。也许与自然越接近越能感到与它的接应。然后虚无感随之而来。Y君像是说出了我内心早就存在的这种感觉。

我们存在于虚无的世界。我们数着实实在在的每寸光阴，用行走，用失落，用从无到有的关于自己与他人的全部历史。

我愿意相信生命中所有的选择对别人而言都没有对错，对自己而言都是有意义的。Y君选择了自己的生活。

设想一下如果Y君当年在上海某大学念完电子仪器及测量技术专业，也许现在是某单位的专家。那个作为专家的Y君会不会坐在窗口的书桌边，望着窗外的高楼想：要是当初我选择流浪……

生命不能同时跨越两条河流，当你选择了其中一条，你一定还会怀念另一条。Y君选择了新疆这条河流，那么也就是说Y君的前世今生与这条河更有关联。

好吧，下面就是我和Y君的对话：

陆地：我上面写了一段关于你的印象，你感觉与真实的你相差很大吗？有时别人印象中的你与现实中的你是两个人。你来描述一下这几十年的你吧。

Y君：似乎是自己，似乎又不是。你个别的记忆有点小小的偏差，比如自杀的情节，但大都是准确的，我相信。因为，那些原本被岁月抹去的历史，实际上永远静静地躺在某个角落，等待被再次唤醒。

只不过，诗我写的时间很短，很快就转写小说。记得 1983 年的夏天，暑假回新疆，那时已经有了离开大学的念头。中学时的一个语文老师得知此事，到家里劝阻。他的话，我至今还记得，几乎是原话：小说可以待到五十岁以后再写，那时会写得更好。现在最首要的任务，就是念书。但我那时觉得，小说是我的使命，南方（也就是江南，或者小说里的江南水乡）就是我的归宿。我毫不犹豫地沿自己的目标向前走。

一路磕磕碰碰，似乎离目标越来越远。在别人眼里，我永远是个谜。在我眼里，这个世界永远是个谜，最真实的只有生活。也是在 1983 年的夏天，为了给我的出走找到支持者，我去泰州看望一个大学时期的文学师长，他曾经和我有同样的想法，最终却向生活妥协，在毕业前夕，向校方低头，拿着一纸证书，在当地一家设计院谋到一份工作。他是那样的宁静，那样地适应新的生活。我当时居然十分不解。

我比他更加激进。那张关系到一个人命运的证书，在我眼里，当时如同一张废纸。然而，三年后，为了那张薄纸，我也第一次无奈地低头，在新疆一座小城滥竽充数当上一名教师，误人子弟长达十四年。

有十年之久，写稿、等待退稿就是我生活的全部。白天的沮丧和夜晚的兴奋相交错，我似乎体会到语文老师为什么让我五十岁以后再写小说。再往后，因为莫名的机遇，我成为文字工作者，在当地还小有名气，一位初学者执着地问我，有什么诀窍，可以迅速成为我？我告诉他,要有十年的准备,这十年,可能你写的任何东西都一文不值。

我始终活在两个世界里。真实的世界里我有身份证号,有手机号,有姓名,有住址,我写的文字按规定必须实名制,通俗易懂,且每年都能获得这个行业的最高荣誉。另一个世界离我渐行渐远,我依然固执地用着一个大多数人不知道的笔名,写着或者已很少写大多数人看不懂的文字,或者偶尔翻弄旧作,故作沉思。

真实的世界里我有许多荣誉,领军人才、行业十杰、正高职称、行政领导,且生活越来越体面,结婚生女,衣着光鲜,饮食讲究,远离公共交通工具。某年某一天,偶遇新疆文坛一元老级人物,交谈颇欢,无意言及曾写过小说,起初他毫无印象,一提及我的笔名,老先生全然换了一个人,再三确定无误后,老先生激动地说,你是我们最好的短篇。

我淡淡地说,那是过去。见老先生时,距离写完最后一个短篇,恰好也是十四年。

陆地:记忆中,你说过"虚无"这个词,也许是无意说出,但给我留下深刻的影响,不是"印象"是"影响"。你先于那些西方哲学家向我说出了这个词。为什么会有长久的反应,也许是因为你说出了在我感觉中本来就存在的一种对事物和世界的感觉。那么许多年过去了你怎么看这个词?

Y君:最早是萨特,他的《存在与虚无》,中文译本十分抢手。因为年轻,"虚无"是什么? 概念并不准确。文学圈里的朋友那时并不求真好学,仅仅因为某人的推荐,便会有许多追随者。我当时在笔记里摘录了一些萨特的话,后来被认定为自由化的"证物"。萨特之后还有尼采、叔本华。

那是一个获取知识的疯狂的年代。书本人人向往,人人都仿佛是哲学家、思想家、救世主,视金钱如粪土。但又是断崖式的崩盘,人人追逐金钱、权力,思想和哲学变得"虚无"。一个时代的精神"虚无",和我当时理解的"虚无"完全是两个概念。

我后来回到新疆一个叫石河子的小城,人口不足三十万,远离任何一个世人所熟知的大都市。天穹纯净,四季不很分明,春天和秋天只短短一瞬,剩下的只有冬天和夏天。我感觉被内地的文明遗忘了,十分渺小地生存,同时不懈地在方格纸上写下一些毫无希望的文字。

我始终活在两个世界里,在一个世界里,你为生活奔波,忍气吞声;在另一个世界里,我们渴望一种不存在的"自我"实现。

实际上,随着时间的推移,"虚无"的感觉会越来越强烈。就像一个老者,在时光的废墟里,在落满尘埃的故纸堆里,等待一个永远不会到来的春天。一直到 1995 年,我试着改变当时的状态,把自己投向另一个毫无把握的世界。

陆地:关于自由和意义。当时你好像是因为喜欢文学喜欢诗离开了大学。你说你想做一个兽医为牧民们的动物治病。后来真的离开了。那么在我的理解中这是关于自由和意义的选择。你向往自由,并且你想做你觉得有意义的事。你怎么看自由和意义?怎么看当时认为的自由和意义? 在我的印象中现在的孩子没有这样的情结,他们对一切作合理的现实的安排。而自由和意义似乎是我们这个年代人的情结。对,总之,你怎么看。

Y君:我后来体会到,能把你最不愿意做的事做得最好,就能获得相对的自由;能把一件非专业的事情做得十分专业,成为这个行业里的重量级人物,你就获得了世俗的自由。

任何的自由都需要付出巨大的代价。刚刚参加工作时,一个长者指点我,既要会跳龙门,也要会钻狗洞。平衡了这两点,你就会获得一点点卑微的自由。然而现实中,有许多"士为知己者死"的愚人,也有许多"大智若愚"的机会主义者,但多的是无须自由的人。

1995 年开始出现了许多变故, 可能正是累积的时间慢慢改变一切。因为一个朋友多年的推荐,《今天》陆续发了我不少旧作,内地期刊一本名叫《飞天》的杂志甚至给我杂乱无章的作品,归类为新历史主义小说。**1998** 年,大约在一周内,命运不大不小地给我开了一个玩笑,参加当地一家日报社的招聘,很快就被录用,我开始了一个既自由又十分束缚的职业——记者。和以前的梦想相似之处:都是用笔谋生;不同之处在于:从前可以写自己所想,现在必须把自己所想,巧妙地包装在一个格式体文本中。

我曾经将自由的时间确定在四十岁,又推至五十岁,至今仍然没有一个确定的日期。自由可能是一种不负责任的逃脱,因为你在俗世里的牵挂越来越多, 千头万绪将你密不透风地织在网中,想随意推开一扇窗透透气,都会是一种奢侈的自由。

但这种精神一时一刻也不能少,这个世界上,总需要有一小撮不甘沉寂的人,奋不顾身地去献身那种"虚无"的自由。

陆地:我说我没有历史感,我只有生命过程中的一些痕迹、印象、碎片。但生命像手机的残电,有时回过头会看到自己的历史,这个历史无论印象怎么碎片但还是有骨架的。你怎么看自己过去的几十年?

Y君:甲骨文以一种碎片化的方式记录了中国的历史。每个人的历史,几乎都是碎片化的。许多你不经意的事情发生了,然后消失,似乎没有留下任何痕迹。但某一日,一定会有一个"盗墓人",将这些碎片挖掘出来,拼凑成你的历史。

我三十岁那年，一个失联许久的小学同学出现在我的生活中，他记忆力超好，点点滴滴的往事被他翻腾出来，将我那段失落的童年拼凑得似乎十分完整。他一定就是那个"盗墓人"，他的存在，就是为了证实我的童年。

我们喜欢在记忆里美化自己，把自己的污点尽量消除得干干净净。有些"污点"是真实的，初中一年级唯一一次在上海谋划的群体斗殴，一次少年的单相思，屈从于家庭的压力与一个女生分手（实际上的分手原因并非如此）；而有些仅仅是幻想中的"污点"，存在于无数次重复的梦境中，真实得近乎发生。

1983 年因为"自由化"惹来的刑罚，曾经是我最大的"污点"，好在有一次"彻底的平反"，但终究是传统观念里抹不去的"污点"。那个年代，这样的"污点"影响到生活中的一切，工作、生活、婚姻，但终究因为时代的变迁，"污点"渐次被人遗忘、"洗白"，甚至成为一种"牺牲"的象征。

毕竟生活有其固定的轨道，偶尔驶入一支岔道，还会强硬地把你拽回来。每一个交叉路口，都会有选择，有彷徨。曾经我以为自己最不合宜在体制内生存，时刻想逃离，又时时对体制有无限的依赖。曾经我认为自己是最最反传统的，从衣着、发型，从言谈举止，而最终却深深融入传统，成为传统里最正宗的一部分。

历史有时候最具幽默感。

陆地：你好像说过，希望我不要离开江南，你说你难以说清对江南的感觉。但是你又离开了江南，回到了新疆。在我看来这是一种矛盾。我似乎感到你存在的许多种矛盾。我觉得我也是这样，活在无数的矛盾中。其中感觉本身只是存在，也许矛盾的是我们自己的想法。有时人只是被时光被外力被社会因素像潮水般推到现实的岸上，然后被我们赋予各种思想，于是构成了许多的交叉和矛盾。

　　Y君：1983年的夏天，我走出上海七宝镇那幢灰暗的建筑时，曾经有多种选择：学一门裁缝手艺，可以在上海滩赖以生存；去五原路水产市场，师从一名前国脚，口袋里会有许多金钱；我最期望的，是去浙江湖州的南浔，有一间年代很久的私人藏书楼，有一个管理员的职位等待我。那时候对工作的选择，没有如今这样多的机会，我一门心思想留在上海，寻找梦里的江南水乡。然而，早早守候在七宝的父亲，直接把我接回新疆，让我彻底与梦幻中的江南水乡分离。

　　过了许久，就是在网上找到你的那一年，出差去浙江，对方安排我们到乌镇一游。这个传说中的江南古镇，似乎早已在我的梦中出现过无数次，建筑的色彩，磨得发亮的石子路，空气中飘荡的油烟味，都十分熟悉。我忽然记起，我的籍贯所在地，每一个小镇，都是这般模样，黄渡、青浦、西门老街、州桥。它们始终伴随着我，沉淀在我记忆中的某个角落，却让我永远无法靠近。

　　2013年夏天，一个来自上海的电话打到乌鲁木齐我所居住的社区，社区工作人员谨慎地问询，是否确认有这样一个小学同学？我激动万分。寻找我多年的是一个当年的女生，她曾经十分内疚，以为我后来放弃大学回到新疆，都是因为她当年拒绝我的缘故。她一直在寻找我，想把她的歉意告诉我，并替我谋划重回上海。我见到她的时候，突然意识到新疆与上海的真实距离，这已经是一道难以逾越的沟壑。时间已经彻底让我放弃了江南。

　　陆地：如果让你重新活一遍，你愿意吗？如果让你选择地球上任何一个地方你愿意选择哪里？

　　Y君：一路走来，肯定会有许多不如意，对生活，对家庭，对子女，对工作，肯定会错过许多美好的机会，肯定会丢失真正的朋友。每个人都希望重活一遍，好把许多后悔的事情弥补一番，这样的机会不会有。即便重活一遍，会有更多的闪失，会有更多的失落，所以，活过即可，无须重活。

但你说的如果，只是一个假设。2005 年，去泰国，导游告诉我，泰国人做生意很有满足感，一天挣到 200 泰铢，够一天的生活开销即收摊，有再大的生意也不接。这种生活态度让我十分震惊。知足才能长乐。

我一直幻想能找到一处僻静的乡村，空气清新，四季分明，半天耕作，半天读书写作，晚间与朋友小酌，指点江山。然而，一个人无法获得生存的自由，没有完全的经济自由，一切皆是空谈。生活的沉重，会压垮任何自由的念想。

陆地：感觉五六十年代很多人都深受唯物主义哲学观影响，很多人是彻底的唯物主义。那句"世界是物质的，物质是第一的，精神是第二的"，我觉得很好玩。我从不这样认为。那么，你呢？你有宗教信仰吗？我只是觉得冥冥中有支配我们的东西。包括命运，包括我们未知的生灵，包括人的有机体消失后灵的信息的存在。我好像对这个很好奇，你怎么看？

Y君：我们这一代人，曾经都追求过高尚的精神。二十世纪八十年代，我认识的几个现代派诗人曾让我坚信，信仰是最为重要的，物质的追求为他们所不屑。但事实告诉我们，高尚者未必会有墓志铭，卑鄙者却可能十分光鲜地存在。

中国人可能是最实用主义的民族，信仰可有可无，信仰游移不定，信仰可以千变万化，信仰可以无中生有。

但我相信命运，相信冥冥之中的安排。十八岁时，一个几乎与我同龄的大师预测我两年后有牢狱之灾，且在其中度过一次生日。二十一岁时，我参加工作的当日，一个绰号"陈麻子"的预测大师断言我今后吃文字饭,口福不浅,且在四十五岁前后官至县级。1995 年,当地一极有名气的预测大师极准确地预测到若干年后我最心爱的女人将意外亡故。他还有意收我做关门弟子,说我命中有"华盖运"。所有的预言后来都应验了。

还有,我经常感觉到,现实中发生的,曾经在我的梦中反复出现。中国人常说自己是无神论者,但中国人的神无处不在。预测术的非常态存在恰恰是例证。

陆地:好像听你说你的孩子在北京,对,这又是一个矛盾。关于城市的喧嚣雾霾估计你跟我一样不喜欢。但你却把孩子送到北京,而多年前你自己却离开了上海。

Y君:二十世纪八十年代在上海求学,行走在南京路上,两旁繁华的市场和今天看来并不十分高大的楼房,总有种陌生感。回到父母的祖籍,亲戚们始终把你当外人。在填写各种各样的信息表时,每当看到籍贯一栏,往往沉思半晌,上海,那个并不属于我的地方,偏偏每次都固执地占据一栏。

也是在南京路,我也有过梦想,我告诉那些高楼,我一定要回来,我是属于这里的,但却离它越来越远。上海,永远是我生活里的背影,且渐行渐远。

我的孩子曾有机会到上海寻找工作,但她骨子里不喜欢这座城市,相比较,她更喜欢北京,可能北京有与北方相近的城市和人文气质。"北漂"数年,她还是回到新疆。是不是对新疆也"爱恨交加"?不得而知。

古代边塞诗人就有这种情结:羌笛何须怨杨柳,春风不度玉门关。

陆地:在新疆这个地方你待了这么多年,你是越来越喜欢这个地方了还是它已经深入你的灵魂,让你有一种归依感?

Y君：新疆是一个很奇妙的地方，一个能让你的灵魂充分舒展的地方，一个让你爱恨交加的地方，一个你始终想离开却终究放不下的地方。

二十世纪六十年代的支边青年有这样的感受，可能只是一部分人。他们常常说，将自己的青春都献给了戈壁荒原，但他们最终却放弃了新疆。

在这里你可以深呼吸，当然是在那些还没有被城市污染的地方，有蓝天、白云和清澈的河流，有干净的黄沙，有原生态的沙漠植被。在这里你可以释放被压抑很久的"自我"，大有"老子天下第一"的感觉。

粗犷的新疆。大杯饮酒，大块吃肉，大盘菜汇聚，不用大碗大盘用餐，就不能大快朵颐；细腻的新疆。一片绿洲，一泉浊水，一丛灌木，一朵野花，便能让一个硬朗的男人肝肠寸断。

我时常嬉笑间将我的后事告诉那个最有可能替我操办的人：将骨灰分作两份，一份洒在新疆，一份洒在江南祖籍。有亲人祭拜，只需朝向这两个方向，无须在清明时分，挤在人堆里，半天找不到那块拥挤的墓地。

陆地：好吧，时光过去很久。我们的人生中会经历很多事情，你觉得哪些是重要的，哪些其实并不重要只是我们自以为重要，哪些重要只是我们无力把握，或者无所谓重要。我们更多的只是被外力推到现实，那么哪些是我们自己可以把握的？

是的，人生应该是越来越简单，越来越安静。

Y君：人一辈子有几个关键的点，抓住了、把握好，就可能改变你人生的轨迹。失去了机会，则可能会原地不前，甚至会走下坡。

回想起来，有这样几个关键点：一是上学，学校一定要在信息高度发达地区，你的头脑会好好地洗涤；二是选择你最喜欢做的一件事情，或者接近喜欢的事情，这样，你可能会全力以赴地干事；三是选择一个好的伴侣，这个没有固定的标准，因人而异；四是存下一笔钱，可以为实现自己的梦想做准备；五是要有一个好身体，不要相信营养学家、医学专家、健康顾问，相信自己，你能做到。

这些都是个人可以把握的，似乎有些俗不可耐。学校并不一定是名校，但其所在地一定有名；工作的选择可能不会遂愿，但一定要是心甘情愿的选择；伴侣可以多次寻找，否则宁愿独处终老；钱可多可少，不可没有，否则你会屈从外界最小的压力；有副好身体，可以周游世界，可以逃离世俗，可以活得久些，有机会在未来某个时候，去回自己的梦。

头发可以留得短些，可以省却常洗头的烦恼；衣服不必备的太多，并非名牌才好，同款可以多购几件，以备换洗，可以省却选择的游疑；居室不必太大，最多也只占有一席之地；日常用品必须坚实耐用，比如一个好的水杯，一个结实耐用空间超大的放行背包，一款待机长久的手机，一台皮实的、体积适宜的手提电脑，一辆维护费用低廉、性能良好的座驾，可以随时等待召唤，载你去寻找一个新世界。

一个理想主义者与他的交响乐

　　我仿佛是一夜之间发现我周围的人都老了，后来我发现我自己也老了。但那个被朋友叫作方君的人似乎几十年如一日一直在我耳畔青葱着。他是我朋友的先生。我是从朋友几十年如一日断断续续描述的碎片中把这个作为理想主义者的方君拼凑起来的。后来我还见了方君一次，虽然这个方君与我拼凑而成的理想主义者方君像是没有关系，却是真实的平静的内敛的。如果他独自走在街头，更像是某某社区爱好拳术和摄影的玩家，没有半丝理想主义者的张扬狂放和不羁。由此我得出结论：千万要注意人群中那些默默行走的人们，因为或许正是他们怀藏着几十年如一日不熄的火种，体内的能量在噌噌地升腾。

　　朋友说，她的方君正是在每天凌晨写着他的长篇小说，激情澎湃，如痴如醉。近五十万字的厚厚的长篇就是在无数个这样的凌晨熬制出来的。我看过同学发给我的一小段：精炼动感写实深厚的文字凝结成几十年个人和集体历史的深情厚谊。朋友把书稿制作成雅致的样书，题目好像是四个字的，朋友说保密。我似乎真的记不得书的名字了。好吧，谜一样的人生，谜一样的书。

　　其实朋友家的方君是交响乐爱好者，早年就得过上海市的音乐类重要奖项。估计他爱音乐就像当年陈丹青爱画画。虽然关于这方面的细节朋友很少提起。

　　交响乐是我们这些早期文艺青年不管是真喜欢假喜欢都要

装着喜欢的一种艺术,比如买一两张正版的唱片,再买一叠盗版的唱片,放在书架下充充门面那是常有的事,而人家方君不但收藏正版而且自己作曲。把豆芽似的那些五线谱密密麻麻地排列组合,时间地点人物事件环境情绪悲恸喜悦忧伤,起承转合,峰回路转。总之这是方君一个人的世界。在这样的时刻估计世界只剩下方君他一个人。然后等待国家级的乐团(当然最好是国际级的乐团)来指挥演奏。

不,大概方君更愿意自己指挥吧。

朋友说方君的交响乐分上中下三部,已完成前两部,交响乐写作时间大约九十年代至今。

有一些人他们有意无意一辈子选择了一样自己喜欢的专业,于是一辈子做了自己喜欢的事情,但方君似乎没那么幸运。朋友描述中的方君早年插队,经商,做律师,似乎样样都尝试过,唯独没有选择音乐做他的职业。

我不知道方君这几部交响乐是在怎样的心境下完成的。也许他自己已经反复聆听过自己灵魂发出的声音了,唯独别人没有,他身边人没有,他就是想让他们听到自己内心的声音才想着要让曲子成为音乐的。

出一本书似乎比寻找一个一流的乐队简单得多。同学描述中的方君开始为书的出版奔跑。

为出书奔跑的日子里方君又多了一丛新的体验:在这个物质世界,精神憔悴不堪,被花花绿绿的物质鄙视着。看来生活与小说的界限越来越模糊,人生无处不小说。许多同龄人在为子女为利益为物质奔跑忙碌,理想主义者方君为他的看不见摸不着的"精神"忙碌。

不久前,方君升级为外公。朋友沉浸在喜悦中。方君好像还没醒来,他在他的理想世界中。他像是对现实中婴儿娇嫩的啼哭不再敏感。

也许,那些由集体和个人历史及命运组成的宏大史诗来势凶猛淹没了别的声音。当一曲终了,周周安静,他会欣喜地顺着婴儿的哭声走过去。

无论如何,请宽容一个理想主义者的任性和执着吧。

人生在世安顿凡俗之躯不易,那么安顿一颗心呢?

其实现实中的方君也许是个典型的上海男,关心体贴爱家护妻这些他都会。在唯一一次一起看展中,我发现这个方君举止行为还相当的绅士。总之各种迹象表明,理想主义者方君还是生长在现实的土壤中的,他并没有飘得很高。

以下是我对方君的访谈:

陆地:早就听说了你在创作交响乐,这让我好奇。在我看来,创作交响乐需要内在有相当的能量集聚,包括对这一专业知识的把握,个人独特的生命体验与情感体验,对历史与个人命运的理性思考,对自然与四季变更及外部世界各种声音的敏感,当然更重要的是倾听自己内在的声音。说说你的交响乐吧。你与它的缘何时而起,是怎样的契机让你想到创作了,听说创作的时间有几年了,估计什么时间可以写完?

方君:交响乐是音乐表现的最高形式,是音乐创作的巅峰,天才一开始便能一鸣惊人只是一种传说。我们开门见山地谈及交响乐,是略去了从山脚爬坡登顶的过程,其实这一过程是非常艰难的。

交响乐作为一种大型的器乐表现形式,不仅指以奏鸣曲式为曲体的四乐章的"交响曲",还包括单乐章(乐段)的如"交响诗""序曲""舞曲"等乐曲,以及多乐段的"交响组曲"、影视配乐等。不过习惯把这些统称为"交响作品",而"交响乐"就指"交响曲"。

我在十岁时为惠特曼的诗《风》谱曲并配钢琴伴奏而开始作曲,那首诗在记忆中是这样的(其实已经改变了原诗):

从云端处落下
在草木间聚集
而到处,我听见了你
轻轻的脚步
犹如贵妇人的裙子通过了草地
啊,风,风……

我深为感动。这不是一个孩子对一首诗应有的感觉,但我反复读它,就觉得其诗意如风"飘"起来那般令人朦胧、神往,唯美得似无形又有形,充满着音乐的韵律。我第一次产生有明确意图的冲动:我要作曲,用音乐的语言把这诗意写出来!

这第一次的创作冲动注定我从诗意中剥离出了音乐,但选题亦可见我从小钟情着一个虚幻的世界。下乡后我有多年的宣传队至文工团的实践,作品也多次获过一些奖项。回沪后因工作关系我离开了专业,但八十年代曾以一部献给姐姐的婚礼作品——交响诗《邀新娘》参赛而获得过市级奖项。直到二十年后重拾音乐之梦,我陆续完成了两部交响音乐作品。第三部已完成全部构思,开始制作总谱。

这些看似音乐创作的流水账,其实掩藏了探索和实践交响音乐的心路历程所历经的艰难跋涉。你是个诗人和画家,你提及的一些音乐创作方面的问题，由于你对艺术的融会贯通能力，已让我能免去回答好些共性的内容而直抵核心。

陆地：我同样很好奇你创作时的状态。是激情澎湃还是忧伤沉思？你的交响乐整体呈现的是一种怎样的基调？在我看来那也是你生命的基调。上、中、下三部侧重表达什么？

方君：我认为，音乐世界首先是个情感世界，作曲者将内心世界及所感应的外部世界以心弦导出音乐语言，通过"四大件"技能以管弦乐营造千变万化的意境。有一说法，耳膜比任何感官都更直接地转化为心膜和脑膜的共鸣，这或许就是音乐能超越一切文化藩篱而正确、深入传递情感并呈现意境的科学道理。

但是，一部作品表达什么，表达得如何，只是由这个作曲者的情感认知能力及其音乐天分、艺术修养等特质决定。

你问到的即时创作情态，应该同即时需表达的情感、意境相关。我说的是"情态"而不是"状态"，前者为作品客体内容所需，诸如用"激昂""深沉""忧伤"等等词语修饰，后者是创作主体即时的精神状态，唯以"全神贯注"表达。我不了解别人怎样，但却是我的创作实态。

至于音乐创作中非常重要的"灵感"问题，这是一个作曲者与生俱来、难于言喻的天赋能力，缺少了这一点，就是教"四大件"的教授也不可能写出好作品来。我崇拜作曲大师们，他们的作品中无一不因充满着心灵的光芒而不朽。我感受着所有先辈们的音乐灵光，并自信在我的音乐创作中，也一定传递着自己独特的心灵之光。因为，我一直以来以心灵拥抱音乐，不论在聆听时还是在创作时都是如此。

陆地：你觉得你的人生中会有几部交响乐，是一生一部宏大的交响乐还是可能有多部？在音乐中你最想表达什么？

一个作曲者除非受指定命题规约，他自选题的原创作品一定反映了他对这个世界的最深感受或人生体验。这个"世界"的感性、理性界限在伟大的作品中是模糊的，或者是交互的，最显然的例子就是德沃夏克的《自新大陆第九交响曲》。

你说这部作品是描绘了美国新大陆上充满欣欣向荣的开拓元素与黑人情调的田纳西风光呢，还是一个来自欧洲大陆的捷克游子，对故乡及一幕幕人生场景那一往情深的眷念与怀恋呢？

德沃夏克这部作品的每一个音符，都注满了深情和爱意，都在传递一种人性之美。最终像其他许多伟大作品的展开一样，每一个听者的心头都会充满着对生命和大自然的崇敬之心和爱慕之意。热爱生命，热爱所生存的这个世界，便成了所有艺术创作的永恒主题。我自然也不会例外，每以一颗感动而虔诚的心倾情创作，只为了歌颂生命的无限美好，歌颂生命所在的这个世界的无限美好。当音乐让我流泪时——聆听或创作时——那一定是因为我正感知着或沉浸在这种与生命相融的美好中。我看到，穷尽人生与世间，只有这种美好，与生俱在，与世长存。

且不说以往时代与地域背景下，我所创作的众多应景、应约作品。八十年代开始可自由选题，我的第一部大型参赛作品交响诗《邀新娘》，无论在体裁还是选题上，长期受西方古典音乐熏陶的我，还是忍不住冲在了所谓"西化"的前头。虽有人为了向大众认知靠拢而让我把"交响诗"改为"管弦乐"，但"新娘"的意象，却能自由引申了。这部音乐作品描述的是一场芳草地上的婚礼舞会：新郎风度翩翩邀请新娘，众人环绕中二人翩然起舞，引领众宾客群舞，又悄悄脱离舞群至一旁树下深情相视倾诉，回顾以往幸福的爱恋时光以及对婚后的美好展望；欢欣的人们又围了上来，把这对新人邀回草地中央共同起舞。歌声、乐声、祝福声和对对舞影一起，芳草地上蔓延着人间至美的欢欣与喜悦。这样的音乐作品今天看来也许有些"过时"，但在那个年代似乎又有些西化和超前的。

这个创作愿望产生自现实生活，从其标题和内容来看似乎是写实的，应属现实主义范畴。但我喜爱以写意的手法一以贯之地去渲染气氛，描述场景和烘托人物。尤其注重在音乐形象的东方色彩下，刻画人物情感的欢悦与深沉的对比，让人物和场景相得益彰又伸展出感人的无限想象——所有这些音乐形象的呈现，主要得益于西方古典浪漫主义的创作手法以及我钟情于浪漫主义的那种情感气质。

目前的音乐创作计划是一部充满地域文化色彩的作品。总体构思在多年前已以钢琴谱写下，第一乐章的总谱完成了大部分，由于各种原因，总谱延搁至今尚未完成。

至于已在心中酝酿的第四部交响乐，也许是我的音乐封山之作。它将集合我生命中所有最美好的感悟、情意和爱的记忆，一并向世界作最深情的吐露。夕阳无限好，只是近黄昏。它或许就是我最绚美的音乐夕阳、我最美好的"第九交响乐"。而我相信，夕阳总会在落下后成为朝阳重新升起，不断循环，周而复始，生生不灭。

陆地：从作曲到演奏是又一种创作吗？作为一个作曲家当然喜欢自己的作品被一流的指挥和乐队演绎了——这似乎有点难。噢，对了，你有想过自己指挥吗？这听起来很棒。

怎样看古典音乐和现代音乐？怎样看摇滚？

作品的演奏，是从作曲家到指挥家、从文本到演绎的问题。一部作品能否有一个符合原意的效果，除了作品本身，更重要的是取决于指挥家对作品的阅读能力和他自身的艺术修养。阿巴多演绎贝多芬的《第六田园交响曲》第二、三乐章至少在时值上比有些大师要快好多，因为乐章的标题是"在溪边"，表情术语是"愉悦的心情"。阿巴多可能认为太从容的散步又何来"愉悦心情"？于是节拍器调快了，我们果然从音乐形象那稍快、有点"赶"的步伐中，更确切地感受到了行走溪边的那种自由、清新与愉悦。否则多少会有点滞重感或茫然感。这就是阿巴多作为大师的独到之处，也说明了同一部作品由不同人演绎可能会产生的不同的效果。

事实上有不少作曲家都自己上阵指挥演奏自己的作品，譬如贝多芬、马勒、布鲁克纳等等，甚至有作曲家自己都认为作品演砸了，愤而把乐谱撕了的情况。从总体上来说，指挥一般是忠于原作的，他"再创造"的余地不大也没这个必要。但他根据深刻的理解而做的纠错或微调，却是好的演绎所必需的。

我从小有个在大舞台上指挥自己音乐作品的梦想：面对一个全编制的庞大交响乐团及合唱团，用潇洒得体或狂放不羁的肢体语言，让我的乐思从我的指尖流出。我认为，只有指挥自己的作品时，那种演绎才有权力或有可能成为第二次创造或对母本形成再飞跃。我希望有这种机会，并正努力创造机会以图证实这种可能性。我在心中无数次向音乐殿堂叩问：如果我愿意，是否可以给我一个机会？

你提到了对古典音乐、现代音乐和摇滚音乐的看法，其实这些是不同历史时期的音乐形态和文化现象。就像你同时提及唐诗宋词、十四行诗、朦胧诗或口水诗，并要求指出它们各自的文学特征之类,这就不是寥寥几段文字可讲清楚的。现在正规的音乐学院里,都下设"现代音乐学院"之类的二级学院,里面甚至有"摇滚系"等本科或硕士学位。它们各自已成体系,这里我就不展开了。

但我有自己的偏好,那就是古典音乐。这是由我的个人气质、上海这座城市的海派文化、家庭背景以及从小接受的文化熏陶等各种因素所决定,它从根本上触及人的"三观"渊源,三言两语恐怕很难说清,还是留待后说。

陆地:在上海这样一个城市有各种活法的人。有一种群体很普通,他们努力并满足于日常生活的精致安逸,追求岁月静好现世平安,他们认为物质即意义,你是怎么看的? 在你今后的人生中想要一种怎样的生活?

你怎么看理想主义者这个词,你觉得这个词跟你有本质的关系吗?

说说你将近五十万字的自传体长篇小说吧。

方君:我一生游荡于上述两个世界中,前者因"身居于此",后者"心逐鹿焉"。世界观从小启蒙于徐家汇天主教堂那童话般的建筑以及传出的和谐、缥缈的圣诗合唱声。我感觉那是天外的只有心灵能够到达的世界而非肉体存在本身。于是我发现了自己雏形的灵魂,以及可以容忍他自由翱翔的空间。父亲和母亲的政治背景和西化背景,又让我认识了社会和家庭如同池塘和草履虫间既各自独立又不可分离的生存状态。但我还是被由母亲购置的留声机,莫扎特、博坎里尼、穆索尔斯基等人的黑胶唱片及手风琴等西洋乐器所描绘的世界所迷住。那里是个六维世界,可以穷尽宇宙,可以时光倒流。我深感没有这种体验的人何以为生,而可以创造这一世界的人,才体现了造物主独特造你出世的一番用意。

世俗意义上的人生开始的同时,更发现心灵世界由情感和思想组成,音乐语言擅长情感表述,思想唯由文字语言驾驭(大致如此),我投入了文学世界中,以此寻索人生观、审美观的自我塑造。因此,自我设置的人生结构程序为:音乐,文学,法学(为谋生而置)。音乐创作已经谈及了。那么为何会中断交响音乐创作转入文学创作,也许根因在此。至于次要的原因还在于交响音乐创作的演奏不是一件轻而易举的事情。不少著名作曲家的作品也束之高阁,无法变成音响。屈指算来,我重拾音乐之梦后创作的第一部作品已经在案头放置了十来年了。也许是想换种艺术方式来实现某种表达欲望吧,花甲之年我开始了长篇小说的创作。

首先得纠正一下,这不是一部自传体小说,虽然以第一人称为叙事主体,但那只是为了"给小说营造'非虚构性'的真实感,及表露人物心路历程的合理性"。由于主题是"音乐"和"故乡",我个人的生命体验、艺术感受确实可以通过文字真切地表述出来。全小说四十五万余字,有个通篇贯穿的特点,即引用的诗歌都来自古典交响作品中的合唱。如小说扉页:

忧伤的山谷里

长久以来,我梦见

梦见你的树木和蓝天

你的芬芳和鸟语……

你认出了我

向我轻轻招手致意

和神圣的你在一起

我全身战栗

——理查·施特劳斯《最后四首歌》

这个"你"是谁,或者是什么?疑惑中读者打开了小说。

我说过文学对我音乐梦想的那种联袂与基础的关系,我尚不识字的时候就迷上音乐,但对文学作品的大量阅读肯定先于音乐。

我至今不愿将"理想"与"主义"联系起来当作人文标签,以此显示自己的人生向往有多大格局。我感谢生命不仅仅以肉身存世,更拥有一个特立独行的灵魂。肉身存世数十载,身后沉没亿兆年;但灵魂的痕迹可以永恒。用有限攻取无限的哪怕一点,这是充满趣味的生命置换,这是毫不掩饰的真实却又不怎么现实的梦,我只是至今逐梦而已。

我曾经与家人有一段对话:

人生到我们这一阶段,已悟到了生命的本质。不管怎么说,落幕已近。下回何时再来,实在太久,所以有永别一说。

那么,肉体的挣扎有用么?徒劳而已。你只是亿万之一的尘埃。你知道你近几代亲人和身边朋友之外的人,曾存活在这世上的一切吗?不会知道——就像这世界以后也不会有人知道你曾存在过这个世上那样。这就体现一个真理:对绝大多数的人和物来讲,存在等于零。

于是就有不甘心的灵魂,想挣出这个生生灭灭的肉体世界一下,尝试把一些独有而又具普世之欲的生的感受,留下一些不灭的痕迹。这并不伟大,只是灵魂对于肉体的一种挣扎方式,一种对毁灭的无奈和对不灭的最后挣扎而已。

于是,一切都一样,或者尚可有点不一样。就像无灵魂的人大致一样,有灵魂的人各有各的不一样。

我们每个人遵从各自对生命的认识，努力愉快地去度过我们认为有意义的一生。

最后，我把小说的结尾摘于下面，作为我们今天谈话的结束。

我仍听见
遥远的合唱自天边而来
却不知
身在其间

你的欢愉,延续在你的梦想中,生的渴望与美好就在那里。生命是一阕跌宕起伏的交响曲,伟大的高潮,正现于继续奏响的那一乐章。

阅读者

那年夏天,在朋友的办公室我认识了阅读者沈君。作为在大学教书的老师爱好阅读似乎是再平常不过的事。沈君教化学,爱读社科类读物,这也不足为奇,苏步青还写诗呢。不过沈君不但爱阅读,还写阅读笔记。他阅读的书挑选很严,有一套自己的取舍原则,这似乎有那么一点不一般了。沈君每年把阅读笔记弄成精致的纸质本,送给朋友们。在后来的一次聊天中,沈君说,他有一批拥戴他的粉丝。他还说,他已经有七本阅读笔记了,准备写到十本不再弄了。我说,然后呢? 沈君说,然后他要写一大本。一大本什么呢,写到什么时候? 沈君没有回答。不过他像是说了这本大书要一直写下去,写下去的,似乎没有结束的时候。

在朋友办公室那次,沈君似乎正在跟朋友讨论关于写作。我好奇地翻了一下沈君的阅读笔记。翻到有一篇写道:沈君正在医院陪母亲,一边读书……他看到有一只小虫在床上爬,沈君观察着虫子的踪迹,描述了很久。然后沈君写到手上阅读的那本书。因为书不再身边,也许我的记忆会有篡改,但反正是这样一种貌似没有文体的随意吸引了我。

我们在阅读时总是很明确手中的读物是什么:小说,散文,诗歌,评论等等。沈君这样的一种自由让我想到其实世界本没有文体,只是人们愿意把它们分割;或者说世界本是自由,是人把它弄成许多疆界。

第一次在朋友办公室碰到沈君那会儿，不知是沈君的谈话还是沈君写书的内容让我感到特别了，我居然像是对陌生的沈君说过，他那副样子似乎有点让我担心他的生存状况。我像是真的说过那样的话，现在想来我为自己的话感到费解。

不知怎么，后来这样的感觉就完全消失了，我又觉得沈君是一个特别严谨有计划甚至不会贸然将现实和意义混为一谈的人。也许我那时看到的是沈君另一面——那个作为阅读者的沈君的另一面。我很想再跟沈君聊点什么，下面是我对沈君的访谈：

陆地：说说写阅读笔记的起因吧。

沈君：从认字开始，我大概就喜欢读书，各种各样的书，但是，我生长在一个人民公社干部的家庭，我的父亲高小都没有读完，我母亲大概初小也没有上过，所以，从小我家里没有什么书可供我阅读。我读比较多的书是从大学里开始的，是从湖州师专的阅览室里开始的。但是，可能我的文史基础太差了，都上师专了，好多国外的名著我都读不懂，也没有兴趣。那时，我最感兴趣的只是文学杂志。后来工作了，阅读面开始大一些了，对一些著作阅读之后也有一些想法了，慢慢地，我觉得自己开始学会了用比较的、对比的和批判的思维去读书了，这个时候就很想表达自己不完全等同于作者的看法。

然后，随着自己年龄的增大，觉得自己应该可以留一些看法给他人，如果再不写下来可能就来不及了；但是呢，又觉得自己还没有形成一个比较成形的东西，那就边学习边练习，将自己的一点一滴的想法记录下来。这样，从 2008 年开始，我就比较积极地做这个事情了，至今已经是第十年了。2017 年，我想是最后一本读书笔记了,用俗语讲一件事,坚持十年很不容易,我已经坚持十年了,我想确实也不容易了,我并不是什么特别的人,坚持十年告一个段落算了,我想休息几年再看。

陆地:除了化学你还喜欢或者更喜欢社会科学或别的什么吗? 比如文学艺术?

沈君:化学只是我这辈子谋生的技能,当然,学习化学专业、搞化学教学也加深了我对这个物质世界的理解。

年轻的时候,我偏爱文学,虽然那个时候是在"文革"时期,但是高大上的文学作品还是有一些的, 比如《金光大道》《艳阳天》,比如八大样板戏,比如《西沙儿女》,还有《闪闪的红星》以及不太有名的《沸腾的群山》《渔岛怒潮》这些。1978 年我进了师专之后,开始迷上了当时所谓的伤痕文学,路遥的《人生》是这个时候出来的吧? 然后就是音乐与美术,再到钱钟书的《围城》,再后来想读哲学,没有成功,读不懂,于是转向稍易理解的社会学,一时间还对宗教有感觉了,现在,绕了这么多的弯子,可能还停在政治学与哲学之间。现在手上的书是福山的《最后的人与历史的终结》。

陆地:我总是喜欢把一个人童年的经历与他的人生轨迹作连接,说说童年的经历对你的影响吧。

沈君:我觉得,我的童年没有受到什么启蒙教育。小时候,我会静静地看着门口的河道里来来往往的船只发呆, 这些南来北往的船只,是通往未知世界最真实的实际存在物,而我身边的所有人,几乎所有人,都不大会离开我们这个公社小集镇的。我们每天在广播里都能听到的新闻是北京、大寨、大庆油田、黑龙江、长春汽车制造厂,这些轰轰烈烈的社会主义建设工地,以及美帝苏修以及阿尔巴尼亚。我特别向往外面的世界,但是,我看不到外面的世界,我只能听听广播,看看报纸,所以,我从小就希望能够走出这个小小的人民公社,到大城市里去看看世界。现在我长大了,甚至已经开始老去了,但是,我还没有走出我们的江南水乡。

我记得,大概在"文革"的 1970 年前后,我爷爷去世了,我的表姐对我说,爷爷去世了,他的年纪比毛主席还要大,我就非常地惊讶与害怕,觉得怎么会有人比毛主席还要大呢? 哪怕是年龄,毛主席也有年龄吗?

陆地:选择看什么书或写什么你大概是一个怎样的标准或者凭感觉?

沈君:以前上学的时候读什么书是老师规定了的,你喜欢得读不喜欢也得读,因为有考试制约着你。现在我读书完全凭自己的兴趣,不会受到什么功利地影响了。我不喜欢买大部头的书藏在家里,没有时间读的书我不要,读不懂的书我也不要,我只买自己会读的书。有一次,我要出门二十多天,我觉得那段日子我可以读一些大部头的作品,于是,我临时网购了《战后欧洲史》四本一套,真的粗粗地被我在二十天以内读完了,当然,感兴趣是最大的动力。

我是随性读书,没有什么具体的功利目的,如果选取书有什么标准的话,感兴趣可能是最主要的标准。当然根据多年的阅读经验,自己也设定了一些粗粗的规定,自己定有四条可以突破可以例外的原则:涉及当下时事的书少读,大陆身份的作者写的书原则上不读,太年轻的作者写的书不读,多人合作的书不读。我的原则可能都是偏见,不足以供他人参考,请一笑了之。

陆地:这么多年写下来,你觉得你的人生有什么微妙变化吗?阅读让你作为化学老师的人生更丰富而有意义吗?你觉得这样的阅读和写作状态中的你快乐和充实了还是更迷茫和困惑了?许多人都说得出自己一生的追求和目标,那么你呢?

沈君:写作给我带来了一些快乐,写作给我带来了好多有意思的朋友,有编辑、领导、同事,还有以前并不认识的商界朋友。要写作首先要有内容,还要思考怎样组织文字,我那本文艺社出的《阅读与思想》书名很好地点明了我的生存状态,阅读然后思想再然后记录下自己的思想轨迹。阅读带给我更广阔的世界,那肯定是快乐和充实的;但是,你也知道,在这个物质世界里,一个人是非常渺小的,无论你的思想有多远,迷茫和困惑是逃不掉的。我这一生没有什么追求,我希望自己能平安地度过一生,我的家人我的朋友也能够平安地度过一生,然后,当然也希望自己能不太糊涂地度过一生,能在有生之年多懂些事理。

陆地:你在阅读笔记中较多地写到社会学方面的内容。在微信看到你去了儿子学习的美国,作为阅读者你怎么看旅行,美国给你怎样的感觉。

沈君:旅行是非常好的生活方式,我觉得许多朋友都喜欢旅行;但是,其实好多朋友都没有这个条件,我也一样,迫于生计,我不得不花我的大部分生命时间来工作。当然,我还是抽一定的时机出去走走,有时候也会把工作出差、学习当成旅行来感受。古话说"读万卷书行万里路"还是很有道理的。

我去美国只是走马观花,十多天时间,谈不上有什么准确的理解。美国之行给我印象比较深刻的是在 Yosemite 国家公园旁边的一个小镇,叫 Mariposa。这个小镇很干净平淡,虽然身处著名风景胜地 Yosemite 的旁边, 她也借 Yosemite 的招牌做一些零售及旅馆业,但是,她的风格并不张扬,也不铺张,更不做假。镇区没有做得很豪华的公共设施,也没有看到高大的政府大楼;小镇的建筑风格朴实,商店门面矮小但是很干净;街道上没有飞扬的白色或者红色的废塑料袋,也没有身份卑微的外地清洁女工;更令人感觉好的是,这里没有拆迁,也没有开发,没有把附近农村的人赶往某地集中居住, 然后将农民们的土地和房子统一征用搞大项目做开发;这里有非常漂亮的教堂,这里的人们热情、好客。

我暗暗地拿它与我们浙北的古镇乌镇相比。我知道,如今的乌镇非常漂亮、名扬世界,但是,乌镇是自然这么漂亮的吗? 不是,那是因为开发,那是因为拆迁,那是因为向农民征地,因为炒作,因为造假。所以,我并不认为今天的乌镇是真实的乌镇。乌镇只是全中国大开发的一个缩影,一个伪的、假的、商业的、唯利是图社会的缩影。而 Mariposa 是真实的,我相信美国佬没有作假,这么少的游人,他没有必要作假。没有拆迁,因为私有财产在那里是神圣不可侵犯的。我相信 Mariposa 有老板,但是,少有靠投机发财的飞扬跋扈暴发户,也少有因贫穷受欺而仇富、仇官的小刁民,更没有神气活现的恶官僚。

陆地:有的人活着会用心体验当下,比如自然、亲情、友情,他们觉得那是赋予其生活美好的动力, 也有人认为一个人的思考阅读,想入非非,让一个自己和另一个自己对话,这样的人生更有意义,你觉得呢?

沈君:我觉得我既生活在当下,体验着人生的甜酸苦辣,享受着家人和朋友们给我的亲情和友情,又生活在一个更广阔的阅读与思想的世界里,非常好,感谢上帝让我有机会享受人生。

陆地:你对你现在的职业身份满意吗,还是觉得它只是你谋生的手段?

沈君:如果让我重新选择,那我就不一定会选择这个职业了,当然,在这个工作岗位上,我也交到了一些非常友好往来的同事和朋友,我要感谢我的同事们,谢谢大家。

陆地:还是想知道,十本读书笔记以后你想做什么?

沈君:十本笔记做完以后,我可能会对这些材料做一个整理,然后找机会把它们完整地保留下来,留给我的后辈。至于我的后辈们是不是会去阅读我的东西,那我是控制不了的事情,每个人身后的事情都是无法预料的,顺其自然吧。再以后,该做什么,我还没有想好。

谢谢。